Impressum:

Herstellung und Verlag:
BoD – Books on Demand, Norderstedt
ISBN 978-3-7557-6742-8

Bildquelle Cover: wikipedia

Interessieren Sie sich ein wenig für Psychologie und Science-Fiction?
Interessieren Sie sich ein wenig für luzides Träumen?

Haben Sie einfach nur Lust auf Spannung?

Dann ist 'Pulsar' genau die richtige Lektüre!

Der Autor

Josef Peters, Jahrgang 1963, lebt in Aachen. Er ist Diplom-Kaufmann und Studiendirektor an einem Berufskolleg. Sein erstes Buch, ein Schulbuch zur DV-gestützten Finanzbuchhaltung, veröffentlichte er bereits im Jahr 2003. Seine ersten beiden Romane „Paradox“ und „I'm dreaming“ erschienen 2009 und 2014. Mit diesem Buch erscheint nun sein dritter Roman.

Für Vera, Sara und Jana

Josef Peters

Pulsar

Roman

Kapitel 1

Mathias Schneider saß an seinem Schreibtisch. Über ihm die hellen Büroleuchten, vor ihm sein DV-Arbeitsplatz und rechts von ihm ein großes Fenster, dass ihm einen Blick über weite Teile der Altstadt erlaubte. Wenn die Sonne schien, konnte er das Fenster durch Rollos abdunkeln. Auf der Fensterbank hatte Schneider ein paar Pflanzen, Hydrokulturen um die er sich liebevoll kümmerte. Ansonsten befanden sich in dem Raum zwei Aktenschränke und ein paar Regale für Aktenordner. Der Teppichboden verlieh dem Raum eine gewisse Wärme. An der einzigen freien Wand hatte Schneider ein Bild aufgehängt. Es zeigte als Poster eine Aufnahme, die das Hubble-Teleskop vom Pferdekopfnebel gemacht hatte. Routiniert griff er nach der Mappe, die links neben seinem Schreibtisch auf einem Rollwagen lag.

Er öffnete die Mappe, entnahm die Unterlagen und las sich in die umfangreiche Situation ein. Er war Mitarbeiter im Projektmanagement eines großen Bauunternehmens. In anderen Unternehmen nannte man seine Funktion vielleicht Projektmanager oder Controller, hier bei BauCom hieß seine Funktion einfach Sachbearbeiter im Projektmanagement. BauCom war mittlerweile zu einem der führenden Bauunternehmen in der gesamten EU geworden. Öffentliche Großprojekte, die mit enormen Fördermitteln der EU unterstützt wurden gehörten ebenso zu seinen Projekten wie Großaufträge von Banken und Versicherungen, die millionenschwere Hochhauskomplexe errichten ließen. Oder aber auch Aufträge von Industrieunternehmen, die sich von BauCom ganze Produktionsstätten bauen ließen.

Im Moment beschäftigte Schneider sich mit ‚Infinity', einem Industriegroßprojekt. Seine Funktion als Sachbearbeiter umfasste unter anderem die Aufgaben Budgetverwaltung, Terminplanung, Kostenkontrolle, die buchhalterische Erfassung aller möglichen anfallenden Belege und Koordination bestimmter Teilaufgaben für bestimmte Projekte. Eigentlich hätte man seine Tätigkeit auch Projektleitung nennen können, vermutlich verzichtete man aber darauf, da die Bezeichnung Projektleitung eventuell mit der Forderung nach einer höheren Bezahlung einhergegangen wäre. Seine Kollegen hatten das gleiche Aufgabenspektrum für andere Projekte. Ganz schön umfangreich und arbeitsintensiv fand Schneider, insbesondere für das Gehalt, das für seine Verhältnisse in einem krassen Missverhältnis zu seinem Aufgabenspektrum stand. Er liebte seinen Job nicht besonders. Nicht, dass er sein Aufgabengebiet nicht ordentlich bewältigt bekäme, aber routinierte Buchhaltungsaufgaben, Zahlenkolonnen addieren, Excel-Tabellen auswerten und interpretieren, Belege verwalten, das war ihm alles nicht spannend genug. Auch die Terminplanung und die Koordination von Aufgabenbereichen waren aus seiner Sicht zu sehr mit Verwaltung verbunden. Er sah sich selbst eher als den Kreativen, den Denker, den Macher. Leider nahm ihn seine Umwelt etwas anders wahr. Letztlich konnte er froh sein, bei BauCom diese Arbeitsstelle bekommen zu haben. Hier hatte er wenigstens einen sicheren Arbeitsplatz und ein geregeltes Einkommen, das ihm zumindest in finanzieller Hinsicht ein relativ sorgenfreies Leben ermöglichte.

Mittlerweile war Schneider fünfunddreißig Jahre alt. Er war klein und von untersetzter Statur. Da er unter einer starken Fehlsichtigkeit litt, trug er immer eine Brille. Sah man ihn an, wirkten seine Augen durch die Brillengläser stark vergrößert. Sein Haupthaar war schon deutlich zurückgewichen. Er war sich dessen bewusst, dass er keine besonders attraktive Erscheinung war.

Seine Eltern waren früh verstorben, so dass er bereits mit zweiundzwanzig Jahren als Einzelkind völlig auf sich alleine gestellt war. Er war nicht verheiratet und hatte keine Kinder. Im Moment war auch weit und breit keine Partnerschaft in Aussicht. Langfristige Freundschaften aufzubauen war ihm Zeit seines Lebens nie gelungen. Vielleicht, weil er es auch zu wenig wollte. Er sah sich eher als den ‚Lonely Wolf', der sich ganz alleine durchs Leben schlägt. Er wohnte in einer kleinen Zweizimmerwohnung am Rande der Großstadt in der dritten Etage eines anonymen Wohnblocks.

Die Bürotür wurde geöffnet und Frank Baumann trat ein. Baumann war der Abteilungsleiter des Projektmanagements.

„Ah, das tapfere Schneiderlein bei der Arbeit," eröffnete Baumann das Gespräch. Schneider hatte Baumann schon öfter angedeutet, dass es höflicher sei, vor dem Eintreten anzuklopfen. Baumann war aber als Abteilungsleiter recht arrogant und ignorierte diesen Wunsch regelmäßig. Dazu kam noch, dass er Schneider öfters mit ‚Schneiderlein' oder ‚tapferes Schneiderlein' titulierte. Das war neben der Verunstaltung seines Vornamens Mathias zu ‚Mathes' noch eine Stufe unangenehmer. Noch dazu kam, dass sich im Unternehmen herumsprach, dass Baumann ihn so nannte. So kam es, dass auch andere Mitarbeiter und Mitarbeiterinnen ihn, teilweise lächelnd, mit ‚Schneiderlein' ansprachen.

Aber er würde es ihnen allen schon noch zeigen. Irgendwann.

„Herr Baumann, was kann ich für Sie tun?", fragte er höflich.
„Tja, Schneider, ich habe mir Ihre Vorgänge der letzten zwei Wochen angeschaut. Nicht, dass ich Sie kontrollieren wollte, aber ab und zu muss ich doch einen prüfenden Blick auf alles werfen."
Schneider schwante nichts Gutes.
„Und dabei ist Ihnen etwas aufgefallen?", fragte er vorsichtig.
„Ja, sehr gute Arbeit, Schneider, aber..."
„Ist etwas nicht in Ordnung?"
„Na ja, eigentlich alles in Ordnung, ...außer beim Projekt ‚Infinity', und beim Projekt ‚Modul'."

Das waren die zwei Großprojekte, die Schneider zurzeit im Wesentlichen alleine bearbeitete.
„Und was stimmt nicht?“, fragte er nach.
„Hier bei ‚Infinity‘ stimmt die Budgetierung in Phase drei und Phase vier offenbar nicht. Ich bin alle Unterlagen durchgegangen, habe nachgerechnet und bin auf Differenzen im sechsstelligen Bereich gestoßen... Vergleichen Sie einfach mal diese Unterlagen mit Ihren Ergebnissen.“ Er legte ihm zwei prall gefüllte Arbeitsmappen auf den Schreibtisch“. „Und hier bei ‚Modul‘ wurden zwei falsche Kreditoren mit erheblichen Beträgen gebucht. Damit stimmen die Kostenstellen, die Projektnummern und damit auch die Projektzuordnungen nicht mehr. Schneiderlein, Schneiderlein, wo sind Sie nur mit ihren Gedanken?“

Schneider war völlig verstimmt. Erstens musste er überprüfen, ob die Angaben von Baumann stimmten. Vielleicht hatte sich Baumann vertan und er doch alles richtiggemacht. Zweitens ärgerte er sich darüber, überhaupt wieder auf Fehler angesprochen zu werden. Das kam in letzter Zeit zu häufig vor. Und dann wieder dieses ‚Schneiderlein‘. Er kochte innerlich.

„Herr Baumann, ich werde das in Ruhe überprüfen. Falls sich die Fehler bestätigen sollten, werde ich das selbstverständlich korrigieren.“
„In Ruhe? Ich bitte darum, dass das schnellstmöglich passiert“, erwiderte Baumann und verließ grußlos das Büro.

Aber tatsächlich hatte Baumann Recht gehabt. Es waren ihm gravierende Fehler unterlaufen. Vielleicht lag es an seinem zurzeit zunehmenden Schlafdefizit, dachte er. Darunter konnte die Konzentration schon leiden. Zum Glück waren die Fehler rechtzeitig aufgefallen, so dass noch kein Schaden entstanden war und er die Fehler relativ schnell beheben können würde. Relativ schnell bedeutete immerhin, dass er mindestens drei ganze Tage dafür benötigen würde, so dass die Arbeit, die er sich für diese Woche eigentlich vorgenommen hatte, liegen blieb. Also begann er mit der Arbeit. Zunächst einmal in das Thema einlesen, Zusammenhänge erkennen, Zahlen vergleichen...

Es klopfte an seiner Bürotür. „Herein!", rief Schneider. Die Tür öffnete sich und Tobias Meier trat ins Büro. Meier war zwei Jahre älter als Schneider und arbeitete in derselben Abteilung wie Schneider. Mit Meier kam Schneider ganz gut zurecht. Er war kompetent und freundlich. „Kommst du mit in die Kantine?", fragte Meier. Schneider schaute auf seine Uhr: 12:15 Uhr. Er war so in seine Arbeit vertieft gewesen, dass er beinahe die Mittagspause verpasst hätte. „Ja, Augenblick, ich komme sofort." Er speicherte zwei geöffnete Dateien, schloss sie und sperrte den Rechner gegen unbefugten Zugriff. Dann verließen die beiden das Büro und gingen zur Kantine. Da Schneider alleinstehend war, war er froh, mittags eine ziemlich anständige Mahlzeit, noch dazu für geringes Geld, erhalten zu können. Für sich alleine kochte er nämlich überhaupt nicht. Vielleicht hätte es ihm gemeinsam mit einer Partnerin

Freude bereitet, aber für sich alleine? Gemüse putzen, Salat waschen, Fleisch braten... alleine machte ihm das keinen Spaß. Und wenn, dann müsste er damit es sich lohnen würde, Portionen für mehrere Tage kochen. Dann wäre er aber auch gezwungen, mehrere Tage lang dasselbe zu essen. Er könnte auch Portionen einfrieren, aber dann müsste er später Aufgetautes essen. Nein, da zog er vor, in der Kantine zu essen und sich am Wochenende hin und wieder ein Essen in einem Restaurant zu gönnen.

Sie gingen den Flur der fünften Etage, auf der sich ihre Abteilung befand, entlang und bogen am Ende des Gangs rechts zu den Aufzügen ab. Meier erzählte Schneider dabei von den Fußballergebnissen des letzten Wochenendes. Meier liebte Fußball, Schneider interessierte sich überhaupt nicht dafür. Dennoch hörte er geduldig zu. Sie brauchten nicht lange zu warten, bis der Aufzug kam. Schneider drückte auf den Knopf für das Erdgeschoss. Fast lautlos schlossen sich die Aufzugtüren und der Aufzug glitt nach unten. Auf der zweiten Etage hielt der Aufzug an. Die Türen öffneten sich und Julia Sander bestieg den Aufzug. Man grüßte sich kurz mit einem neutralen ‚Hallo‘. Julia Sander war Mitte zwanzig und seit ungefähr zwei Jahren bei BauCom beschäftigt. Mit ihrer schlanken Figur, ihren langen blonden Haaren und ihrem hübschen Gesicht war sie eine überaus attraktive Person. In der kurzen Zeit bei BauCom hatte sie es bereits weit in Schneiders Abteilung gebracht. Neider fragten sich, mit welchen Qualifikationen sie diese schnelle Karriere wohl hingelegt haben mochte. Sander war sich ihres Aussehens und ihrer Wirkung auf Männer sehr bewusst und spielte gerne damit. Schneider verglich sie gerne mit einer Sonne. Wo sie auftrat war sie der strahlende, warme Mittelpunkt und die Männerwelt kreiste wie Planeten um sie herum. Ihm gegenüber verhielt sie sich bisher jedoch eher neutral bis distanziert. Sie stellte sich den beiden Männern gegenüber und der Aufzug setzte seine Fahrt nach unten fort. Unten angekommen verließen sie den Aufzug und gingen wortlos zur Kantine. Noch auf dem Weg zur Kantinentür überholte sie ein junger Mann um Sander die Tür aufzuhalten. Sander erhielt zuerst ihr Essen, steuerte damit auf den einzigen noch freien Tisch zu und nahm Platz. Meier und Schneider folgten ihr. Höflich fragte Schneider: „Dürfen wir uns zu Ihnen setzen?“ „Oh, welch eine Ehre“, sagte Sander, „an einem Tisch mit dem Schneiderlein!“ und lachte sichtlich vergnügt über ihren eigenen Scherz. Schneider war darüber alles andere als vergnügt. Auf diesen kurzen Dialog beschränkte sich dann auch die gesamte Konversation mit Julia Sander. Schneider ließ sein Essen fast unberührt stehen und ärgerte sich innerlich über diese Situation. Er unterhielt sich nur ein wenig mit Meier über Belangloses.

Schneider würde es ihnen allen schon noch zeigen. Irgendwann.

Gegen siebzehn Uhr machte Schneider Feierabend. Er war mit den Korrekturen noch nicht so weit vorangekommen, wie er es sich gewünscht hatte, aber für heute hatte er genug gearbeitet. Er speicherte alle Daten, vergewisserte sich, dass alle elektronischen Geräte ausgeschaltet waren, nahm seine Jacke und verließ das Büro. Mit seiner Chipkarte für die elektronische Zeiterfassung checkte er aus. Draußen angekommen schloss er seine Jacke bis oben, denn an diesem späten Herbsttag war es um die Uhrzeit bereits recht kühl. Er ging zweihundert Meter zur Bushaltestelle, von wo aus er mit der Linie 14, ohne den Bus wechseln zu müssen, nach Hause fahren konnte. Ganz in der Nähe seiner Wohnung befand sich ein asiatischer Imbiss. Da er heute Mittag so gut wie nichts gegessen hatte, nahm er hier eine Portion ‚Curryhuhn' zu sich. Etwas scharf aber sehr lecker.

Zu Hause angekommen zog er seine Jacke, seine Schuhe, Hemd und Krawatte aus und zog sich bequeme Freizeitkleidung an. Seine Wohnung war einfach eingerichtet. Schlichte Möbel, einfache weiße Tapeten, die nur durch ein paar Hubble-Fotos Farbakzente erhielten. Er liebte den Weltraum und die grandiosen, farbenprächtigen Bilder aus dem All. In seinem Wohnzimmer gab es eine kleine Sitzgruppe mit Tisch, einen großen Fernseher und eine teure Musikanlage. Außerdem hatte er in diesem Zimmer einen kleinen PC-Arbeitslatz eingerichtet. Die Wände waren, bis auf eine, mit weißer Raufasertapete beklebt. Diese eine Wand war mit einer wie er fand hässlichen Streifentapete beklebt. Auch das zweite Zimmer, sein Schlafzimmer, war schlicht und funktional eingerichtet. In seinem Wohnzimmer hatte er einige wenige Topfpflanzen, die keiner großen Pflege bedurften und nur hin und wieder gegossen werden mussten. Immerhin kümmerte er sich gerne um sie. An der gesamten Wohnung erkannte man deutlich, dass es die Wohnung eines männlichen Singles war.

Er öffnete die heutige Post. Eine Rechnung einer Versicherung und zwei Reklamesendungen. Nichts Besonderes. Dann setzte er sich in seinen Fernsehsessel und zappte durch die Programme, bis er eine Nachrichtensendung fand. Er wollte sich ja schließlich täglich aktuell auf dem Laufenden halten. Dabei galt sein besonderes Interesse der Politik und der Wirtschaft. Kultur hatte ein wenig, Promis, Klatsch und Tratsch überhaupt keinen Platz in seiner Welt. Er ließ gedanklich noch einmal den vergangenen Arbeitstag Revue passieren. Na ja, er hatte schon bessere Tage erlebt. Während er so dasaß, freute er sich schon auf seine nächtlichen Abenteuer.

Kapitel 2

Gegen zweiundzwanzig Uhr ging er zu Bett und bereitete sich vor. Vor ungefähr eineinhalb Jahren hatte er begonnen, luzides Träumen zu erlernen. Beim luziden Träumen ist der Schlafende in der Lage zu träumen und bewusst wahrzunehmen, dass er träumt. Hat der Schlafende einen luziden Traum, so kann er in den Traum aktiv eingreifen, Situationen erschaffen oder verändern, ohne dabei aufzuwachen[1]. Nach anfänglichen Schwierigkeiten gelang Schneider dies zunehmend besser und mittlerweile fast immer, wenn er es sich nur fest genug vornahm. So konnte er sich seine eigenen Fantasiewelten schaffen und dort das Leben führen, das er sich wünschte.

Schneider überprüfte seine Armbanduhr, und stellte den integrierten Vibrationswecker auf die gewünschte Weckzeit ein. Wenn er sich von der Außenwelt abgeschottet haben würde, würde er einen normalen Wecker nicht mehr hören können. Er nahm seinen Hörschutz, der sämtliche Umgebungsgeräusche von ihm fernhielt, und setzte ihn auf. Dann setzte er seine Schlafbrille auf, um jedes Restlicht zu verhindern. So von der Außenwelt getrennt konzentrierte sich auf den geplanten Schlaf und den erwarteten luziden Traum. Man kann einen luziden Traum aber nicht erzwingen. Er wusste, je stärker er den gewünschten Effekt erzielen wollte, desto schwieriger würde es sein, ihn zu

---

[1] Vgl. Peters, I'm dreaming, 2014

erreichen. Man kann nur entspannt den Weg bereiten und hoffen, erfolgreich zu sein. Schneider hatte damit meistens Erfolg, wenn er versuchte, bewusst den Moment abzupassen, in dem sein Bewusstsein ‚ausgeknipst' wurde und der Schlaf das Kommando übernahm. Fast immer ging das einher mit skurrilen, unlogischen Gedanken. Erkannte er das, konnte er bewusst in den Schlaf absinken und behielt träumerisch das Kommando.

Er versuchte, an gar nichts zu denken, sondern langsam in den ersehnten Schlaf und damit in einen luziden Traum abzudriften. Es gelang ihm aber nicht, den Kopf freizubekommen. Er dachte an die gestreifte Tapete in seinem Wohnzimmer. Da er handwerklich nicht sonderlich geschickt war, hatte er einen Maler und Anstreicher damit beauftragt, den er in einer Zeitungsannonce entdeckt hatte. ‚Aufregende 3D-Technik. Regen Sie Ihre Fantasie an! Erleben Sie das Besondere!' waren seine Werbeversprechen. Er rief den Handwerker an und machte einen Termin mit ihm. Der kam pünktlich und sah sich die Wand an.

„Nur diese eine Wand?", fragte er etwas überrascht.
„Äh, ja", sagte Schneider ein wenig unsicher. „Ist das denn zu wenig Platz für ‚Das Besondere in 3D?" fragte er.
„Nein, nein, ist schon ok. Was soll es denn werden? Haben Sie schon eine Vorstellung?"
„Ja, irgendetwas wirklich Beeindruckendes, etwas Spaciges vielleicht."

„Mein Freund, ich kann dir das Beeindruckendste hierhinzaubern was du dir nur vorstellen kannst,“ sagte der Handwerker nun, Schneider in geheimnisvollem Ton duzend.
Schneider war etwas verwirrt.
„Es wird **das** Besondere“, betonte der Handwerker noch einmal.
„Und was soll es werden, ... und was soll es kosten?“
„Lass dich überraschen ... und du wirst mir, wenn ich fertig bin, jeden Preis dafür zahlen wollen.“

Heute kam er nach Hause und der Handwerker war fertig. Er hatte nicht zu viel versprochen. Die Wand hatte sich in ein 3D-Raumschiff verwandelt. So realistisch, so perfekt. Schneider konnte regelrecht in das Raumschiff hineinschauen. Er ging ein wenig nach rechts und links. Die Täuschung war perfekt, er konnte nicht mehr erkennen, dass es kein realer Raum war.

„Na, zu viel versprochen?“ fragte der Handwerker.
„Nein“, sagte Schneider. „Ich bin wirklich beeindruckt.“
„Ja, dann komm mal mit, mein Freund“, sagte der Handwerker wieder geheimnisvoll und griff nach Schneiders Hand. Der war völlig perplex und folgte dem Handwerker zur neu gestalteten Wand. Der Handwerker ging voran auf die Wand zu, stoppte kurz, sah lächelnd Schneider an und ging dann durch die Wand in das Raumschiff. Da er immer noch Schneiders Hand festhielt, zog er ihn mit, mitten durch die Wand, hinein in das Raumschiff. Er ließ Schneiders Hand los und

sagte: „Schau dich nur mal um“. Schneider war völlig irritiert. Wie konnte das sein?

Er stand auf festem Boden und konnte sogar Gegenstände berühren. Er drehte sich zu dem Handwerker um, doch der war verschwunden. Schneider ging ein paar Schritte weiter, betrachtete alles. Vor ihm war ein Sitzplatz. Es war eine Kombination aus Ledersessel, Bürodrehstuhl und Thron. Schneider ging hin und setzte sich darauf. Vor ihm befanden sich Monitore, Schaltflächen und eine Fensterfront mit Blick ins freie All.

Schneider saß nun auf der Kommandobrücke. Er war mit seinem Raumschiff, der ‚Pulsar‘, seit Monaten unterwegs. Die ‚Pulsar‘ war ein mittelgroßes Frachtschiff der E-Klasse. Die Erfindung der Überlicht-Physik hatte die Raumfahrt gewaltig nach vorne katapultiert. Die ‚Pulsar‘ hatte von Lupus Minor, einem Planetensystem in vierundzwanzig Lichtjahren Entfernung, siebenhundertfünfzig Tonnen ‚seltene Erden‘ an Bord. Ohne ‚seltene Erden‘ ist die Produktion von elektronischen Bauteilen und Produkten, wie PCs und Handys nicht möglich. ‚Seltene Erden‘ sind dabei gar nicht mal so selten auf der Erde. Die meisten seltenen Erden kommen sogar häufiger als Gold oder Platin vor, aber der Abbau gestaltet sich als recht schwierig und sehr kostenintensiv. Mit seiner Ladung hatte er einen Wert an Bord, der der gesamten volkswirtschaftlichen Jahresleistung des Planeten Finus mit seinen fünfhundert Millionen Bewohnern entsprach.

„Pulsar, Pulsar, hier ‚Planetare Flugsicherung Erde'... bitte melden!" hörte er den Anruf seines Heimatsystems. Offenbar hatte man ihn bereits geortet, obwohl er noch mehrere Lichtstunden von der Erde entfernt war.
„Hier Pulsar, Kommandant Schneider!" antwortete er kurz und knapp. Für die Kommunikation im All hatte sich die universale Sprache Kosmo durchgesetzt.
„Befinde mich im Anflug auf Erdsystem. Ankunft voraussichtlich 3.12.4 standardisierte Raumzeit", ergänzte er.
„Verstanden, Kommandant Schneider. Willkommen zurück. Wir senden einen Leitstrahl, dem Sie bis zur Ankunft folgen können."
„Vielen Dank. Bitte reservieren Sie im Raumbahnhof einen Anlegeplatz für die ‚Pulsar', Raumschiff der E-Klasse."
„Bereits erfolgt. Guten Flug und Friede mir Dir."
Diese Grußformel hatte sich im Laufe der letzten hundert Jahre durchgesetzt.
„Friede mit Dir", beendete Schneider das Gespräch.

Er setzte sich bequem in seinen Kommandantensessel, verschränkte die Arme und betrachtete die Monitore vor sich. Alles im grünen Bereich, alles unter Kontrolle.

Lediglich auf dem Hyp-Radar erschienen ein paar kleinere Punkte in Flugrichtung, die er nicht genau zuordnen konnte. Das wollte er sich noch einmal genauer anschauen. Er glich die Daten und Entfernungen ab,

suchte in der Datenbank, konnte aber nichts finden, was die Punkte erklären konnte. Er fokussierte den Hyp-Radar auf die Punkte, die sich nun als Punktwolke darstellte. Seltsam, in diesem Bereich des Raums dürfte es nach allen vorliegenden Informationen keine festen Objekte geben.
Er beschloss, die ‚Planetare Flugsicherung Erde' (PFE) zu kontaktieren.

„PFE, hier Pulsar, Kommandant Schneider. Bitte melden."
„Hier PFE. Kommandant Schneider, was können wir für Sie tun?"
„Ich befinde mich im Moment auf Koordinaten Q3, 23°15, knapp unter Lichtgeschwindigkeit fliegend."
„Bestätigt.
„In Flugrichtung erkenne ich auf dem Hyp-Radar eine Punktwolke, vermutlich feste Objekte, denen ich mich rasch nähere. Der vor mir liegende Raum sollte eigentlich materiefrei sein. Gibt es Informationen darüber?"
„Negativ. Wir können nichts orten. Uns liegen keine Daten darüber vor. Bitte beobachten und dokumentieren."
„Wird gemacht."

Er beobachtete, dass die Punktwolke stetig näher und damit größer wurde. Es sah aus wie ein Asteroidenschwarm. Aber hier draußen? Er vermaß die Koordinaten, Entfernungen und Geschwindigkeiten. Sollten seine Berechnungen stimmen, stünde ein Kontakt mit der Materiewolke in ungefähr dreißig Minuten bevor.

„Pulsar, hier PFE!“ meldete sich das Kommunikationsmodul.
„Hier Kommandant Schneider“, antwortete Schneider.
„Wir haben die Materiewolke mittlerweile orten können. Sie sollten, um eine Kollision zu vermeiden, schnellstmöglich ein Ausweichmanöver in Richtung Q3 23°27 vornehmen. Bitte halten Sie uns auf dem Laufenden.“
„Verstanden. Wird gemacht. Haben Sie schon Informationen über die Herkunft der Wolke?“
„Nein, aber wir arbeiten daran.“
Schneider schnallte sich an, wohl wissend, dass das in einer solchen Situation eher psychologische als physikalische Wirkung hatte. Er kontrollierte seine Instrumente und änderte die Flugbahn in die gewünschte Richtung. Aber die Objekte kamen erstaunlich schnell auf ihn zu. Viel zu schnell. Und je näher die Wolke kam, desto besser war die Auflösung seines Hyp-Radars. Die Wolke musste einige Lichtminuten umfassen und bestand aus tausenden von vermutlich sehr kleinen Einzelobjekten. Bei der Geschwindigkeit konnte selbst die Kollision mit einem winzigen Materiepartikel kritisch werden. Schneider verstärkte die Kurskorrektur. Aber bei der Geschwindigkeit wirkten sich die Kurskorrekturen nicht so schnell aus, wie gewünscht. Er musste sich darauf einstellen, dass es vermutlich zu Kollisionen mit Objekten am Rand der Materiewolke kommen würde. Dies könnte katastrophal sein. Kleinste Partikel könnten mit dieser Wucht Löcher in der Außenhaut der ‚Pulsar‘ und damit Lecks hervorrufen.

Die Materiewolke kam immer näher. Schneider erkannte, dass es sich teils um winzigste Teilchen handelte, die daher der Erdstation mit der begrenzten Auflösung ihrer Instrumente entgangen waren. Er versuchte die Kurskorrektur zu verstärken, aber der Moment des Kontakts stand bereits unmittelbar bevor.

Laut gellte der Alarm auf der Kommandobrücke. Fünf Anzeigen auf Schneiders Monitoren blinkten gleichzeitig rot auf. Die ‚Pulsar' war getroffen worden. Schneider versuchte, die Ruhe zu bewahren. Erst einmal genau erkennen, welche Fehlermeldungen erschienen waren. Dann priorisieren. Welche Meldungen waren kritisch? Worauf musste sofort reagiert werden?
Meldung 1: Einschlag im vorderen rechten Teil des Bugs. Ärgerlich, aber unkritisch. Schneider betätigte die automatische Abschottung der Teilabschnitte C7 bis C9.
Meldung 2: Einschlag im vorderen rechten Teil, oberhalb des ersten Einschlags. Abschottung Teilabschnitt B2 bis B5.
Die roten Warnlampen erloschen und der akustische Alarm stoppte. Schneider war froh, die Ruhe bewahrt zu haben und den kleinen Zwischenfall, so unangenehm er auch war, problemlos überstanden zu haben.

„PFE, hier Kommandant Schneider", kontaktierte er die Erdstation.
„Hier PFE. Kommandant Schneider, gibt es neue Erkenntnisse?"

„Ja, ich melde, dass die ‚Pulsar' zwei leichte Einschläge von Materieteilchen erlitten hat. Durch Abschottung der betroffenen Teilabschnitte konnte Schlimmeres verhindert werden."
„Sehr gut, Kommandant. Nach unseren Informationen müsste es das jetzt gewesen sein. Sie müssten die Materiewolke bereits passiert..."
Den Rest der Mitteilung konnte Schneider nicht mehr hören. Ein gewaltiger Schlag versetzte das gesamte Raumschiff in Schwingungen. Wäre er nicht angeschnallt gewesen, hätte die Wucht des Aufpralls ihn vermutlich quer durch das gesamte Schiff geschleudert. Der Alarm war ohrenbetäubend. An gleich vier Bildschirmen blinkten rote Warnleuchten. Ein Blick auf die Anzeigen und Schneider wurde mulmig. Ein heftiger Einschlag hatte die Außenhülle der ‚Pulsar' durchdrungen und hatte tief im Inneren des Raumschiffs die Hauptversorgungsleitung ‚Luft' aufgerissen. Unkontrolliert strömte die Luft ins Vakuum des Weltalls. Schneider musste sofort handeln, wenn er nicht in wenigen Minuten ersticken wollte. Er versuchte die betroffenen Abschnitte abzuschotten, aber die Mechanik schien ebenfalls betroffen oder sogar zerstört worden zu sein. Er lief zum Ende der Kommandobrücke, entriegelte die Tür und lief über den Gang zum Rettungsmodul. Im Rettungsmodul hätte er Vorräte für einige Tage und eine Atemluftreserve für eine ganze Woche. Aber er wollte nicht im Rettungsmodul unkontrolliert durchs All fliegen, ohne Hoffnung haben zu können, dass ihn hier draußen jemand retten könnte.

Er nahm einen Raumanzug und zog ihn an. In Filmen, erinnerte er sich, ging das immer ganz leicht und schnell. Aber diese Raumanzüge sind schwer, relativ unbeweglich und kompliziert anzuziehen. Es dauerte Minuten, bis er den Raumanzug angezogen hatte. Und dabei musste er trotz der drohenden Gefahr einen klaren Kopf behalten. Ein winziger Fehler, und der Raumanzug wäre vielleicht undicht und damit in der entscheidenden Situation eine tödliche Falle.

Er nahm eine der Atemluftflaschen, wuchtete sie wegen des unbequemen Raumanzugs umständlich auf den Rücken, befestigte sie und schloss sie an das Außenventil des Raumanzugs an. Er öffnete das Ventil der Atemluftflasche und kühle, aber künstlich riechende Atemluft strömte in seinen Helm.

Auch der Aufenthalt in der Druckschleuse dauerte wieder einige Minuten, bis er dann das Innere des Raumschiffes betreten konnte. Er rief sich den Bauplan des Raumschiffes in Erinnerung. Klar, Ernstsituationen wurden immer wieder geprobt, aber die letzte Störfallsimulation lag schon fast ein Jahr zurück. Und diesen Fall, zerstörte Luftleitung genau an dieser Stelle des Raumschiffs, hatten sie natürlich noch nie simuliert. Er überlegte, welchen Weg er am sinnvollsten zur Energiezentrale zurücklegen musste, um nicht Gefahr zu laufen, ins Vakuum zu geraten. Mit dem Raumanzug hätte er zwar einen Außeneinsatz durchführen können, aber ein gewisses Restrisiko bestand immer. Und das wollte er vermeiden.

Kurz darauf stand der vor dem Tor zur Energiezentrale. Er betätigte den Schalter zum Öffnen des Tores, aber nichts geschah. Das Tor blieb geschlossen. Schneider überlegte, wo sich die Notentriegelung befand. In diesem Teil des Raumschiffes hatte sich Schneider noch nie aufgehalten. Reparaturen und Inspektionen wurden in Raumhäfen immer von geschulten Mechanikern durchgeführt. Er versuchte, weiter die Ruhe zu bewahren. Die Notentriegelung musste sich immer im nächsten rechten Raum neben dem Tor befinden. Für den Fall, dass es rechts keinen Raum mehr gab, und nur dann, befanden sich die Notentriegelungen im nächsten linken Raum. Er suchte und fand eine Klappe, hinter der sich verschiedene Notentriegelungshebel befanden. Sie waren mit Not2/3, Not6/8, Not12/i, und weiteren Begriffen beschriftet. Welche Notschaltung war nun die Richtige für das Tor? Er wollte nicht einfach ausprobieren. Wer weiß, welche Türen oder Tore er dann unkontrolliert geöffnet hätte? Er lief zurück zum Tor und suchte die Bezeichnung des Tores. Die Zeit lief ihm davon. Mittlerweile mussten Mengen an Atemluft ins All entströmt sein. Links oben erkannte er die Bezeichnung der Tür. Sie war aber zu hoch oben, so dass er sie nicht ohne Weiteres lesen konnte. Er schaltete den Suchscheinwerfer, der oben auf dem Helm des Raumanzugs befestigt war, ein. Er richtete den Blick nach oben und konnte jetzt deutlich erkennen: T8/q. Er lief wieder in den Nebenraum und suchte die Notentriegelung Not8/q. Nach kurzem Suchen fand er die Entriegelung und betätigte sie. Mit einem lauten

Zischen öffnete sich das Tor zur Energiezentrale. Deutlich merkte er das Entweichen der vorhandenen Restluft und den Unterdruck, der plötzlich auf seinen Raumanzug einwirkte.

Schneider betrat den Raum und erkannte sofort das klaffende Leck in der Hauptversorgungsleitung. Der Einschlag hatte ein so großes Loch in den Rumpf des Raumschiffs gerissen, dass er von hier aus nach draußen ins All sehen konnte.

Glücklicherweise hatten die Raumschiffkonstrukteure, obwohl im Rausch der Automatisierung und Digitalisierung Vorkehrungen getroffen, bei Ausfall dieser Systeme mit vergleichsweise archaischen Mitteln agieren zu können. So fand Schneider nach zwei Minuten, die ihm wie eine Ewigkeit vorkamen, das Absperrventil für die Luftleitung. Kaum hatte er es geschlossen erkannte er, dass der Luftstrom ins All gestoppt war. Schneider war so fertig, dass er sich auf den Boden setzte und ein paar Minuten durchatmete. Anschließend schloss er gewissenhaft das Tor zur Energiezentrale und ging zurück zur Druckschleuse. Nach ein paar Minuten konnte er den Raumanzug ausziehen und zurück zur Kommandobrücke gehen. Der akustische Alarm war mittlerweile verstummt. Lediglich zwei Kontrollleuchten blinkten noch rot, aber Schneider erkannte, dass die Fehlermeldungen nicht lebensbedrohlich waren. Die verfügbare Atemluft im Raumschiff war deutlich gesunken, da er aber nicht mehr weit von der Erde entfernt war, würde sie sicherlich reichen.

„PFE, hier Pulsar, Kommandant Schneider“, bediente er das Kommunikationsmodul. Hoffentlich hatte es keinen Schaden genommen.
„Hier PFE. Kommandant Schneider, was ist da bei Ihnen los? Wir haben minutenlang vergeblich versucht, Kontakt mit Ihnen aufzunehmen.“
„Die ‚Pulsar‘ hat noch einen heftigen Einschlag erhalten. Die Hauptleitung der Luftversorgung ist dabei zu Bruch gegangen. Es ist mir aber gelungen, das Leck zu schließen und die Restluft zu retten.“
„Sehr gut, Kommandant! Wir hatten uns schon große Sorgen gemacht. Wir richten einen neuen Leitstrahl auf Sie, dem Sie bitte folgen.“
„Wird gemacht“, beendete Schneider die kurze Kommunikation.

Der restliche Flug verlief komplikationslos. Er folgte dem Leitstrahl, leitete rechtzeitig die Bremsmanöver ein und erreichte problemlos den Raumbahnhof im Erdorbit. Hier wurde er von einem großen Rettungskommando und einem Mechanikerteam empfangen. Die Gefahr, die von seinem beschädigten Raumschiff ausging, war nicht genau abzuschätzen.
Nach dem obligatorischen Medizincheck verließ er den Ankunftsbereich, und wurde per Shuttle zur Erdoberfläche gebracht. Dort wartete schon eine Delegation seiner Auftraggeber. Damit hatte er nicht gerechnet: Es wurde ihm ein großer Empfang bereitet. Der Chef des Unternehmens persönlich hatte sich auf den Weg gemacht, um ihn zu begrüßen und zu beglückwünschen.

Er, ja er alleine hatte das Raumschiff und die kostbare Fracht gerettet und sicher zur Erde gebracht. Er war ein Held.

Doch dann spürte er plötzlich ein heftiges Vibrieren. Sein ganzer Körper vibrierte. Er sah sich um, aber außer ihm schien das niemand wahrzunehmen. Alle umstehenden Personen verhielten sich völlig normal. Da, da war es wieder, eine heftige Vibration. Langsam wurde Schneider vom Vibrationsalarm seiner Armbanduhr aus seinen Träumen gerissen.

Kapitel 3

Schweißgebadet wurde Schneider wach. Er entfernte die Schlafbrille, zog seinen Hörschutz aus und ließ erst einmal die Eindrücke der letzten Nacht auf sich wirken. Fiel es ihm zu Beginn noch schwer, luzide zu träumen, so hatte er mittlerweile eine dermaßen hohe Perfektion erreicht, dass seine Traumwelt von der Realität kaum noch zu unterscheiden war. Sie war stets voller Eindrücke und Emotionen. Es waren extrem realistische Erlebnisse, die er sich selber konstruieren und durchleben lassen konnte. Letzte Nacht hatte er nun ganz alleine eine große Heldentat vollbracht.

Hin und wieder dachte er auch über das Schlafen an sich nach. Bis heute weiß niemand, warum wir Menschen und auch die meisten Tiere schlafen. Selbst Pflanzen schließen ihre Blüten und begeben sich zur Nachtruhe. In der Tierwelt reicht die Schlafdauer von einigen Minuten am Tag bis hin zu ausgedehntem Winterschlaf. Delfine schlafen mit beiden Hirnhälften abwechselnd. Aber warum schlafen wir überhaupt? Es ist allgemein bekannt, dass Schlafmangel zu großen negativen Folgen führen kann. Relativ kurze Schlafdefizite können schon dafür sorgen, dass die kognitive Leistung des Gehirns deutlich nachlässt. Lange Schlafdefizite können zu massiven psychischen Folgen, zu gesundheitlichen Gefahren bis hin zum Tod führen. Schlafentzug ist ein schon seit langer Zeit bekanntes und häufig angewandtes Folterinstrument. Es erfüllte Schneider oft mit einem Gefühl des Unwohlseins, wenn er darüber nachdachte. Offenbar gab es in seinem Körper eine Instanz, die ihn durch Ausschüttung des Schlafhormons Melatonin dazu brachte, müde zu werden und zu schlafen. Diese unbewusste Instanz verfolgte also das Ziel, sein Bewusstsein, sein wahrnehmbares Ich, für eine Weile auszuknipsen. Ihn, Schneider, für eine Zeit aus dem Spiel zu nehmen. Die Organe, Lunge, Herz, Nieren, Leber, ... benötigen eigentlich keinen Schlaf. Sie arbeiten vierundzwanzig Stunden am Tag, ununterbrochen. Das Gehirn arbeitet auch während des Schlafes auf Hochtouren weiter. Aber irgendetwas in ihm schaltete ihn also einfach ab. Und wenn es dieser Instanz gefiel, nach vielleicht fünf, acht oder zehn Stunden, schüttete sie entsprechende Hormone, Cortisol aus, ließ die Körpertemperatur langsam ansteigen und ließ ihn wieder aufwachen, weil er offenbar nicht mehr störte. Ein seltsames Gefühl. Ebenso seltsam wie der Umstand, dass die meisten Prozesse im Körper völlig autonom ablaufen. Unser Bewusstsein hat nicht den geringsten Einfluss auf z. B. die Heilung von Wunden, die Produktion von roten Blutkörperchen, das Wachsen von Haaren oder Fingernägeln. Wer oder was sind wir dann eigentlich? Sklaven unserer sterblichen Hülle und einer Instanz, die für uns die gesamte ‚Maschine' am Laufen hält? Wir sind letztlich nur die Vehikel, die durch Vermeidung von Verletzungen und Tod, durch Aufnahme von Nahrung und durch Vermehrung (wieder durch Hormone dieser ominösen Instanz gesteuert) die ‚Maschine' weiterleben lassen. Als Gegenleistung können wir ein weitestgehend selbstgesteuertes soziales Leben führen.

Und jetzt..., willkommen zurück in der Realität.

Er stand auf und fühlte sich zunächst sehr erschöpft, müde und erschöpft. Das war ja auch kein Wunder, hatte er doch die ganze Nacht unter höchster Anspannung ein Raumabenteuer durchlebt. Er schleppte sich langsam zum Bad, drehte das Wasser an und wartete bis es die richtige Temperatur hatte. Dann gönnte er sich ein paar entspannende Minuten unter dem angenehmen Wasserstrahl. Nachdem er fertig angezogen war, setzte er sich an seinen Esstisch, der in einer kleinen Nische seiner Küchenzeile platziert war. Er machte einen starken Kaffee. Den konnte er jetzt gut gebrauchen. Zum Frühstück wollte er zwei Scheiben Brot essen, die aber leider trocken und hart geworden waren. Aber er hatte ja noch Toastbrot im Schrank. Er entnahm eine Scheibe, sah aber an der Behaarung, dass sich bereits Schimmelpilze darauf ausgebreitet hatten. Willkommen in der Realität, du Held, dachte er noch einmal. Er warf das Brot und das Toastbrot in den Mülleimer. Zwei Becher Joghurt, die er im Kühlschrank fand, die aber schon seit zwei Wochen über dem Verfallsdatum lagen, warf er gleich hinterher. Cornflakes hatte er noch, und ein wenig Milch, die noch nicht verdorben war. Somit fiel sein Frühstück ein wenig anders aus als geplant. Während er sein Frühstück zu sich nahm las er im Internet die Onlineversion seiner Zeitung.

Er nahm seine Jacke, verließ die Wohnung, verschloss die Wohnungstür und ging zur Bushaltestelle. Nach vier Minuten Wartezeit kam die Linie 14. Schneider stieg ein. Wie fast jeden Morgen war diese Linie ziemlich überfüllt. Er bekam keinen Sitzplatz und musste im dichten Gedränge stehen. Ein junger Mann, der offenbar mit den Gedanken ganz woanders war, rempelte ihn ein paarmal an. Als Schneider ihn sanft beiseiteschob, schien der das erst zu merken. Der junge Mann entschuldigte sich und schlängelte sich durch die dicht gedrängte Menschenmasse in Richtung Ausgang. Nach fünf Stationen leerte sich der Bus merklich und Schneider konnte für die restliche Zeit der Fahrt sitzen.

Als er bei BauCom ankam reihte er sich in die Schlange der Mitarbeiter ein, die sich mit ihrem Chip am Zeiterfassungsgerät legitimierten und eincheckten. Vor dem Gebäude wartend schweiften seine Blicke über den gewaltigen und modernen Unternehmenskomplex. Was sollte man auch von einem riesigen Baukonzern Anderes erwarten? Bürohochhäuser, imposante Glas- und Marmorfassaden, alles vom Feinsten. Als nur noch zwei Personen vor ihm standen, griff er nach seiner Geldbörse, in der er EC-Karte, Kreditkarte, Monatskarte des Verkehrsbetriebes und seinen Chip aufbewahrte. Aber seine Hand griff ins Leere. Er stutzte einen Moment und überlegte. Hatte er die Geldbörse gestern aus der Hosentasche entnommen und wieder nicht zurückgesteckt? Er konnte sich nicht daran erinnern. Hatte er die Geldbörse vielleicht aus Versehen in einer anderen Tasche, vielleicht in der Jacke? Nein,

hatte er nicht. Da lief es ihm plötzlich kalt den Rücken hinunter. Im dichten Gedränge im Bus musste ihm wohl jemand die Geldbörse entwendet haben. Immer wieder hatte er daran gedacht, dass die Aufbewahrung der Geldbörse in der Gesäßtasche, gerade in solchen Situationen, sehr leichtsinnig war. ‚Der junge Mann im Bus', schoss es ihm durch den Kopf. Dass der ihn ein paarmal angerempelt hatte war offenbar kein Zufall gewesen. Er war wohl Opfer eines Taschendiebs geworden. Er würde sich also um Ersatzpapiere kümmern müssen. Führerschein weg, Personalausweis weg, Fahrkarte weg... Die Bankkarten sperren lassen...
Schneider verließ die Warteschlange und begab sich zum Nebengebäude, zur Pförtnerlounge. Hier schilderte er sein Missgeschick. Der Pförtner war jedoch neu und kannte ihn noch nicht. So rief er die Personalabteilung an, die jemanden schickte, der ihn identifizieren konnte. Im Laufe des Tages würde er einen neuen Zeiterfassungschip erhalten.

Genervt ging Schneider durch die Eingangshalle mit der riesigen Glaskuppel, die den gesamten Raum mit angenehm hellem Licht flutete. Auf halbem Weg sah er Julia Sander. Sie sah bezaubernd und strahlend aus wie immer und nahm ihn selbstverständlich gar nicht wahr. Der Aufzug ließ zum Glück nicht lange auf sich warten. Er drückte auf die fünf und zügig brachte ihn der Aufzug zur gewünschten Etage. Im Büro angekommen entledigte er sich seiner Jacke, schaltete seinen Rechner ein und bereitete sich gedanklich auf die noch verbliebenen Korrekturen vor. Dachte er zunächst,

damit wäre er nun schnell fertig, so stellte er fest, dass der Teufel mal wieder im Detail lag. Er brauchte deutlich länger dafür, als er sich zunächst vorgenommen hatte.
Gegen 11:00 Uhr trat Baumann, wie immer ohne anzuklopfen, in sein Büro ein.
„Guten Morgen Schneiderlein", begann er das Gespräch.
„Guten Morgen, Herr Baumann. Schneider bitte, Schneider ist mein Name."
„Weiß ich doch. Seien Sie mal nicht so empfindlich. Ich habe hier Ihren neuen Zeiterfassungschip. Die Personalabteilung hat mir von Ihrem kleinen Missgeschick erzählt," sagte er grinsend.
„Oh ja, danke.", erwiderte Schneider kurz angebunden.
„Sie sind aber auch ein Pechvogel."
„Ja, im Moment schon", versuchte er das Gespräch so kurz wie möglich zu halten.
„Sind Sie mit den Korrekturen vorangekommen?", fragte Baumann.
„Ja, liegen in den letzten Zügen. Ich denke, dass ich damit bis 14:00 Uhr, zumindest mit den Korrekturen bei ‚Modul' fertig bin."
„14:00 Uhr wäre eine gute Zeit... Denn dann ist ja auch Ihr großer Auftritt."
„Auftritt?" Schneider wusste nicht, wovon die Rede war.
„Dr. Becker vom Vorstand kommt doch heute. Und Sie sollen doch ‚Infinity', Ihr Projekt vorstellen. Die Präsentation ist doch fertig, oder?", fragte Baumann vorsichtig.
Schneider traf der Schlag. Der Vorstand. Die Präsentation. Er schaute auf den Kalender. Mist, heute war

der 15. und genau heute sollte er vor versammelter Mannschaft ‚sein' Projekt vorstellen. Wie konnte er das vergessen.
„Selbstverständlich, die Präsentation steht", log er. Er hoffte, dass Baumann schnell das Büro verließ, damit er mit der Powerpoint-Präsentation wenigstens noch beginnen konnte.
„Na dann bin ich ja mal gespannt", ließ Baumann aber nicht locker. „Wie viele Präsentationsfolien sind es denn geworden?"
„Weiß ich nicht genau, jedenfalls einige", log er weiter.
„Ja dann.", sagte Baumann das Büro verlassend.

Sofort machte sich Schneider an die Präsentation. Bis 14:00 Uhr musste sie fertig sein.

Hektisch begann er, die von ihm geforderte Präsentation zum Projekt ‚Infinity' zu erstellen. Hektik und Angst sind aber keine guten Ratgeber und so zwang er sich zu innerer Ruhe. Er schloss die Augen, atmete ruhig und bewusst tief ein und aus. Nach zwei Minuten hatte er schon ein wenig innere Ruhe wiedergefunden. Zunächst entwarf er die Struktur seiner Präsentation, den Aufbau als Gerippe. Aufgaben, Ziele, bisheriger Fortschritt, Erfolge, Probleme, aktueller Stand, Ausblick. Ja, so war er mit der Grundstruktur zufrieden. Jetzt Fakten zusammenstellen, Folien gestalten, Layout, Design, …

13:45 Uhr war die Präsentation mit heißer Nadel gestrickt soweit, dass er glaubte, sie vorführen zu können.

Hätte er nur daran gedacht, dass er ausgerechnet heute vor der Geschäftsführung auftreten sollte, hätte er auch etwas Anderes angezogen. Jeans, einfacher Pullover, ... besonders angemessen war sein Outfit jedenfalls nicht. Alles das steigerte im Moment nicht gerade sein Selbstbewusstsein.

Er atmetet noch ein paar Mal ruhig durch, nahm seine schriftlichen Unterlagen und Notizen und ging zum Besprechungsraum...

Kapitel 4

Schneider befand sich im Bus, wie immer Linie 14, auf dem Weg nach Hause. Müde und erschöpft saß er auf einem Doppelsitz am Fenster, neben einer älteren Dame. In Gedanken durchlief er noch einmal seinen Auftritt vor der Geschäftsführung.

Außer dem Geschäftsführer saßen noch drei weitere Hochkaräter aus der Geschäftsführung, sein Abteilungsleiter Baumann, vier weitere Mitarbeiter, von denen er nur zwei kannte und... Frau Sander. Er begrüßte die Anwesenden und ging zum Präsentationsplatz, schloss sein Notebook an und begann mit seiner Präsentation. Mit vor Aufregung trockenem Mund und verunsichert, weil alle anderen Anwesenden in Anzug und Krawatte dasaßen, fing er mit zittriger Stimme an zu präsentieren.

Bei der Präsentation fiel ihm an verschiedenen Stellen auf, dass er teils wesentliche Dinge zu erwähnen vergessen hatte. Logisch, war ja alles unter Zeitdruck entstanden. Im Anschluss an die Präsentation stellten die Personen aus der Geschäftsführung Fragen, auf die er sich schon gedanklich eingestellt hatte, aber auch Fragen, mit denen er nicht gerechnet hatte. Er vertröstete damit, nachzuarbeiten und die Antworten schnellstmöglich nachzuliefern. Schweißnass und erschöpft verließ er anschließend den Besprechungsraum. Draußen vor der Tür standen ein paar seiner Mitarbeiter, die ihn in einer Art anschauten, die er nicht richtig zu deuten wusste. War der Ausdruck anerkennend, freundlich, mitleidig oder herablassend? Lediglich Frau Sander sprach ihn lächelnd an: „Schneiderlein, sooo schlecht war es doch gar nicht.“ Schneider kochte innerlich.

Aber er würde es ihnen allen schon noch zeigen. Irgendwann.

Nun saß er in Linie 14 und freute sich einfach nur, zu Hause bald seine Ruhe zu haben. Dann wurde er wach. Etwas verwirrt schaute er sich um und versuchte sich zu orientieren. Nächster Halt ‚Hauptbahnhof‘ konnte er im Display des Busses lesen. Verdammt, er war fünf Stationen zu weit gefahren. Durch seinen nächtlichen intensiven Traum und den ebenfalls stressigen Arbeitstag war er wohl vor Übermüdung eingenickt. Was blieb ihm übrig. Aussteigen und auf der gegenüberliegenden Seite auf einen Bus, der in die entgegengesetzte Richtung fuhr, warten.

Kapitel 5

Am nächsten Morgen begann er wieder damit, die Defizite in beiden Projekten aufzuarbeiten und Korrekturen vorzunehmen. Außerdem verfasste er Mails an die Geschäftsführung, um die gewünschten Informationen nachzureichen.

Baumann betrat sein Büro, wie immer ohne anzuklopfen.

„Schneiderlein, was war das denn gestern für eine Glanzleistung?"
„Herr Baumann, Schneider ist mein Name. Und ... höre ich da Ironie in Ihrer Stimme?"
„Ach woher, Schneiderlein. Ich habe schon Schlimmeres erlebt, aber im Großen und Ganzen war die Präsentation doch ok. Die Geschäftsführung hatte nicht viel zu nörgeln. Was machen die Korrekturen an Ihren Projekten?"
‚Schon Schlimmeres erlebt', ‚Im Großen und Ganzen...' schoss es Schneider durch den Kopf.
„Der Korrekturprozess macht Fortschritte. Ich denke, bis Ende der Woche bin ich fertig. Ich werde Sie dann informieren, damit Sie noch einmal drüber schauen können."
„Ok, nehmen wir das als Fixtermin. Bis Ende der Woche ist das dann erledigt", sagte Baumann und verließ wortlos Schneiders Büro.
‚Ja, danke. Sehr freundlich. Ich wünsche Ihnen auch noch einen schönen Tag', dachte Schneider.

Nachdem er konzentriert arbeiten konnte und gute Fortschritte erzielen konnte, klopfte es an seiner Tür.
„Herein!“, sagte Schneider.
Tobias Meier und Pascal Kramer, ein anderer Mitarbeiter der Abteilung Projektbuchhaltung traten ein.
„Hallo Schneider, kommst du mit zur Kantine?“
„Ja, klar“, antwortete Schneier. Ohne die beiden Kollegen hätte er vermutlich wieder die Mittagspause verpasst.

Auf dem Weg zur Kantine unterhielten sie die drei über Belangloses. In der Kantine angekommen nahm sich Schneider einen Salat, wählte das Hauptgericht mit Lachs und einen Vanillepudding als Nachtisch. Schweigend saßen die drei am Tisch und aßen. Am Tisch gegenüber saß Julia Sander neben einer ihrer Kolleginnen, Sabrina Keller. Schneider hatte das Gefühl, dass sie immer wieder zu ihm rüber sahen, tuschelten und lachten. ‚Das bilde ich mir nur ein‘, sagte sich Schneider innerlich.

„Habt ihr euch schon für das Betriebsfest eingetragen?“ begann Kramer nun ein Gespräch.
„Na klar,“ sagte Meier. „Wird bestimmt wieder super. Habt ihr gesehen, wer in diesem Jahr auftritt? Da hat die Geschäftsführung aber diesmal weder Kosten noch Mühen gescheut.“
„Betriebsfest?“ fragte Schneider vorsichtig. „Wann?“

„Mensch Schneider," meinte Meier. „Jetzt am Samstag. Du musstest dich doch bis Ende letzter Woche anmelden."
„Habe ich wohl irgendwie verpasst."
„Baumann hat doch die Karten verteilt, wo man sich eintragen konnte. "Sander und Keller kommen übrigens auch", meinte Meier verschmitzt.
„Dann habe ich die Karte wohl übersehen oder verlegt," meinte Schneider, war sich aber sicher, dass Baumann ihm keine Karte gegeben hatte.

Heute hatte sich Schneider vorgenommen, den Arbeitstag etwas früher zu beenden. Er hatte zwar noch reichlich Arbeit vor sich liegen, aber er hatte im Moment keine große Lust, den restlichen Tag nur mit Arbeit zu verbringen. Er überlegte, er könne ein paar seiner angehäuften Überstunden abbauen. Und beim Blick aus dem Fenster verlockten das zurzeit ausgesprochen schöne Wetter, den Nachmittag noch ein wenig zu genießen. Die restlichen Arbeitsstunden verbrachte Schneider damit, die Defizite in seinen Projekten abzuarbeiten und sich parallel um Ersatz für seine gestohlenen Dokumente zu kümmern.

Als er Feierabend machte, fuhr er in ein Naturschutzgebiet, welches sich ungefähr zwanzig Kilometer vor den Toren der Stadt befand. Er kannte sich hier sehr gut aus. Häufig, wenn er Entspannung suchte, ging er hier in der freien Natur spazieren. Wandern konnte man das nicht nennen, dafür waren die Strecken, die er zurücklegte zu kurz. Und Wandern lag auch nicht in seiner Absicht. Er kannte hier im hügeligen, fast bergigen Gelände verschiedene Wege, die ihn an schöne, ruhige Plätze führten. Je nach Stimmung zog er es vor, an einem Bach entlang zu gehen, durch den ruhigen Mischwald zu gehen oder auf die höher gelegenen Klippen zu steigen.

Heute stand ihm der Sinn nach Bergklippen. Er ging den ihm bekannten Weg in Richtung Berg. Unterwegs genoss er die Stille, hielt hin und wieder an, um den Vogelstimmen und dem Rauschen der Blätter im Wald zu lauschen. Er sog die frische Waldluft ein und genoss die Einsamkeit in der Natur. Er kraxelte den Berg hinauf und gelangte auf die Spitze der Berge. Von hier oben hatte er einen hervorragenden Blick über die steil abfallenden Berghänge vor ihm und über eine sich weit vor ihm ausstreckende Ebene. Vor einigen Jahren hatten sich genau an dieser Bergklippe ein paar Raubvögel niedergelassen. Hier war nun ihr Brut- und Jagdrevier. Schneider setzte sich hin und wartete darauf, einen dieser Vögel majestätisch über die Ebene gleiten zu sehen. Beim Anblick des klaren Himmels und der über der Ebene kreisenden Raubvögel überfiel ihn regelmäßig das Gefühl der absoluten Freiheit. So musste Freiheit sein. Hier konnte er der Realität für ein paar Stunden entfliehen.

Die alternativen Fluchten aus der Realität waren, neben der Natur, seine luziden Träume.

Am nächsten Tag verstrich ein weiterer arbeitsreicher Arbeitstag ohne besondere Vorkommnisse. Aber insbesondere beim Projekt ‚Infinity' machte er riesige Fortschritte. Er würde es bald abschließen können.

Heute Abend nahm sich Schneider vor, der realen Welt wieder zu entfliehen und sich in ein neues Abenteuer zu stürzen.

Kapitel 6

Nachdem Schneider sich zu Hause ein wenig ausgeruht hatte, einen Abendsnack gegessen hatte, schaltete er seinen Smart-TV an. Er schaute Nachrichtensendungen und eine interessante Doku über den Amazonas an. Er liebte Dokus. Manchmal bezeichnete er sich selber auch als Doku-Junkie. Für ihn gab es in seinem Leben zwei Kategorien. Kategorie 1 war das Wissen. Kategorie 2 war das Nichtwissen. Und er hatte sich vorgenommen im Laufe seines Lebens möglichst viel von Kategorie 2 in Kategorie 1 zu verschieben, denn er dachte sich ‚Dumm wird man nicht, man kann nur dumm bleiben'. Daher verschlang er viele, auch wissenschaftliche, Sachbücher und schaute sich alle möglichen greifbaren Dokus an.

Im Anschluss an die Amazonas-Doku beschloss er, sich ins Bett zu begeben.

Schneider stellte den Vibrationswecker auf die gewünschte Weckzeit ein, legte seinen Hörschutz an und setzte die Schlafbrille auf. Jetzt hoffte er, bald einzuschlafen und einen luziden Traum zu erleben. Aber heute wollte es nicht funktionieren.

So lag er nun minutenlang, den Schlaf erwartend. Er versuchte, indem er mit geschlossenen Augen nach oben blickte, den Ausstoß des Schlafhormons Melatonin anzuregen. Gleichzeitig versuchte er, alle Gedanken zu vermeiden, die emotional waren und ihn wachhalten konnten. Minutenlang lag er so da, konnte aber nicht einschlafen. Er dachte an die Weiten des Alls, die Schönheit von Galaxien, wenn da nur nicht dieser Hund wäre. Er kläffte und zerrte an der Leine, während Schneider versuchte zu erkennen, was der Grund für die Unruhe des Hundes war. Er sah aber nur den Wasserfall vor sich, der das Wasser mit Getöse den Hang hinunterstürzen ließ. Nass wie er war, versuchte er den Hund wiederzufinden... genau in diesem Moment wurde Schneider bewusst, dass er am Ziel war. Er driftete in den Schlaf hinein.

‚Vielleicht drücke ich mal auf diesen Knopf', dachte Schneider. Vor ihm öffnete sich der Bildschirm und er sah die Raumkoordinaten, die Geschwindigkeit und die Zielkoordinaten.

Die 'Pulsar' flog ruhig und gemächlich zurück zur Erde. Die Ladung bestand diesmal aus fünfundzwanzig Tonnen feinster Edelsteine von Alnitak. Altinak ist einer der drei Sterne im Gürtel des Orion. Und nur dort auf den Alnitak umkreisenden Steinplaneten gab es wegen der besonderen chemischen Zusammensetzung der Atmosphäre und der Böden diese Edelsteine von brillanter Schönheit und äußerster Härte. Schneider würde mit dieser Ladung ein Vermögen verdienen.

Schneider schaute sich um. Frank Baumann saß am Hyp-Radar und kontrollierte den Raum auf unerwartete Materie und auf Raumzeitabweichungen. Im Oktolichtraum bewegten sie sich wegen der damit einhergehenden Raumzeitkrümmung relativ mit Überlichtgeschwindigkeit. Daher würden sie für die restlichen vierhundert Lichtjahre von Orion nach Hause nur noch ungefähr vierunddreißig Monate unterwegs sein. Aber auch im Oktolichtraum musste man stets beobachten und auf potenzielle Störungen unverzüglich reagieren. Kleinste Unachtsamkeiten und Fehler in der Aufmerksamkeit könnten tödliche Folgen haben. Da die Beobachtung des Hyp-Radars eine monotone Arbeit war, bei der die Konzentration relativ schnell nachlassen konnte, wechselte sich Baumann alle drei Stunden mit Pascal Kramer ab. Tobias Meier kümmerte sich um die Antriebs- und Bordtechnik. In den beiden Kommunikationszentralen arbeiteten abwechselnd Sabrina Keller und Julia Sander, mit der er seit nunmehr zwei Jahren ein Paar war.

Frank Baumann meldete: „Kommandant Schneider, hier erscheint gerade etwas Ungewöhnliches auf dem Hyp-Radar. Sieht aus wie ein festes Objekt."
„Was können Sie über das Objekt sagen? Entfernung, Geschwindigkeit?", fragte Schneider.
„Noch nicht viel. Es ist noch mindestens fünfundvierzig Lichtminuten von uns entfernt. Aber unsere Wege scheinen sich anzunähern."
„Seltsam. In dieser Region sind aktuell keine anderen Flüge gemeldet. Und andere Objekte sollten hier auch keine sein. Zumindest sind in der Datenbank keine gespeichert. Was sagt der Oktofunk?" fragte er Keller.
„Nichts. Alles ruhig. Auf allen Frequenzen Funkstille."

„Gut,“ meinte Schneider. „Alle auf ihre Posten und weiter beobachten.“

In den nächsten Minuten geschah nichts Besonderes. Lediglich Baumann meldete: „Es scheint sich nicht um ein natürliches Objekt zu handeln. Anhand der Flugbahn kann ich erkennen, dass einen leichten Bogen in unsere Richtung einschlägt.“
„Funk weiterhin negativ“, meldete Keller. Sander hatte sich zwischenzeitlich in die zweite Kommunikationszentrale eingeloggt und triggerte alle Frequenzen. „Negativ“, bestätigte auch sie.

Es dauerte noch ungefähr zwanzig Minuten, bis das andere Objekt sich per Oktofunk meldete.
„Hier spricht der Kommandant der ‚Kaiman‘. Bitte identifizieren Sie sich,“ sagte der Kommandant des anderen Schiffes auf Kosmo.
„Hier Kommandant Schneider. Wir sind die ‚Pulsar‘, Frachtschiff der E-Klasse, Ident-Nummer Sol34.56.12. Wir sind auf dem Weg nach Sol. Was sind Ihre Ident-Nummern?“
Der Kommandant des anderen Schiffes ignorierte die Antwort. Währenddessen durchforsteten die beiden Frauen die Kommunikationsdatenbank auf der Suche nach der ‚Kaiman‘. Doch über dieses Schiff gab es keine Informationen.
„Sie befinden sich im Hoheitsgebiet von Imperator Kon-Ti“, sagte der fremde Kommandant. „Sie haben den Oktolichtraum unerlaubt betreten.“

Schneider überlegte und schaute in der Trans-Kosmos-Datenbank nach. Er hatte sich nicht vertan, sie befanden sich mit Ihrem Transport im offenen und damit freien Oktolichtraum.
„Das muss ein Irrtum sein", meldete Schneider. „Wir befinden uns im legalen freien Oktolichtraum."
„Der Irrtum liegt bei Ihnen. Wir werden uns Ihnen nun nähern und ihr Schiff inspizieren."
Mittlereile hatte Baumann die Signatur des Schiffes erkennen können. Es handelte sich um einen mittleren Raumkreuzer und damit um ein Kriegsschiff und ganz sicher nicht um ein ziviles Schiff.
„Ich wiederhole", sagte Schneider. „Es muss ein Irrtum vorliegen. Wir befinden uns im freien Raum."
„Deaktivieren Sie ihre Waffen und Schutzschilde", befahl der andere Kommandant. Wir werden in Kürze andocken und ihr Schiff betreten."
„Nein, werden wir nicht. Sie haben kein Recht, uns zu kontrollieren. Wir werden den Vorfall der Kosmopol melden."
Mittlerweile wurde allen an Bord klar, dass es sich um ein Piratenschiff handeln musste. Ob den Piraten bekannt war, welche kostbare Fracht sie geladen hatten, wussten sie natürlich nicht. Vielleicht überfielen sie alle Frachtschiffe in dieser Region.

Die ‚Pulsar' wurde plötzlich stark erschüttert. Die ‚Kaiman' hatte wohl zur Einschüchterung eine Strahlenbombe auf sie gefeuert.
„Dies war eine Warnung! Leisten Sie keinen Widerstand!" befahl der Kommandant des Piratenschiffes.

„Alarm an alle Stationen!“, befahl Schneider. „Schutzschilde aktivieren! Strahlenkanonen aktivieren!“

Schneider wusste, wenn es hart auf hart kommen würde hätten sie keine Chance. Die ‚Pulsar‘ war ein einfaches Frachtschiff, das nur über geringe passive Sicherheiten verfügte. Ihre einzigen offiziellen aktiven Waffen, zwei Strahlenkanonen, waren im Vergleich zu denen der ‚Kaiman‘ äußerst bescheiden. Die gesamte Schiffsbesatzung ging routiniert und nicht hektisch an ihre Positionen. Für solche Eventualitäten gab es einen genauen Ablauf, der regelmäßig in Manövern geübt wurde, so gering die Wahrscheinlichkeit auch war, in einen bewaffneten Konflikt zu geraten.

Es folgte ein erneuter Einschlag einer leichteren Strahlenbombe, die diesmal aber vom Schutzschild der ‚Pulsar‘ abgefangen wurde. Um zu demonstrieren, dass man nicht wehrlos ist und sich auf keinen Fall sofort ergeben würde feuerte auch die ‚Pulsar‘ eine Strahlenbombe ab. Sie wurde erwartungsgemäß von dem Kriegsschiff abgefangen. Schneider durchdachte alle möglichen Szenarien. In einem offenen Konflikt würden sie keine Chance haben. Das Einzige was jetzt noch übrig blieb, war die Stempelbombe. Auf Schneiders Initiative hin wurde sein Frachtschiff gegen viele Vorbehalte vorgesetzter Stellen mit einer Stempelbombe ausgestattet. Die Crew wusste davon nichts. Zum Glück, dachte er jetzt, hatte er sich damals durchgesetzt. Er wollte auf seinem Frachtschiff maximale Sicherheit haben. Es hatte ihn viel Durchsetzungsvermögen und eine Menge Geld gekostet, aber vielleicht machte sich die Investition jetzt bezahlt.

„Wir sind im offenen Kampf hoffnungslos unterlegen", sagte Schneider zu seiner Crew. „Wir müssen eine Hypersprung riskieren."
„Die ‚Kaiman' ist ein Kriegsschiff", warf Baumann ein. „Sie wird über Hypersprung-Tracer verfügen. Dann folgen sie uns einfach."
„Werden wir ja sehen", meinte Schneider.

„Baumann, Meier, bereiten Sie einen Hypersprung vor!" befahl Schneider.
„Jawohl!", antworteten beide und machten sich an die Vorbereitung des Hypersprungs. Durch Eingabe von Zufallskoordinaten konnte man vor Gegnern, die nicht über Hypersprung-Tracer verfügen, fliehen und spurlos verschwinden.

„Dies ist eine letzte Warnung", bellte der fremde Kommandant auf Kosmo. „Wir detektieren die Vorbereitung auf einen Hypersprung. Seien Sie nicht naiv. Jeder Hypersprung hinterlässt Koordinatenspuren. Mit unseren Tracern werden wir ihnen problemlos folgen können."

„Bereiten Sie einen Doppelsprung vor", wies Schneider Baumann und Meier an.
„Doppelsprung?", fragte Meier. „Das haben wir noch nie gemacht. Vermutlich verkraftet das Schiff das auch gar nicht."

„Doppelsprung mit Zufallskoordinaten!“, wiederholte Schneider ruhig.

Mittlerweile prasselten dutzende Strahlenbomben auf den Schutzschirm der ‚Pulsar‘. Noch hielt er Stand.
„Bereitmachen zum Sprung!“, befahl Schneider.
Baumann initiierte die Sprungsequenz. In fünfzig Sekunden würde der Sprung stattfinden. Sprünge waren mit heftigen Bewegungen und Vibrationen an Bord verbunden. So sicherte die Crew noch schnell so gut es ging alle beweglichen Teile und schnallte sich an. Selbst Schutzhelme, die sich unter den Sitzen befanden wurden angezogen. Normalerweise machen Schutzhelme im Oktolichtraum wenig Sinn. Um vor herumfliegenden Teilen geschützt zu sein, waren sie aber sehr sinnvoll.

Der Hypersprung setzte wie ein Hammer ein. Die gesamte ‚Pulsar‘ wurde durchgeschüttelt wie bei einem starken Erdbeben. Alles, was nicht befestigt worden, wurde durch die Kommandozentrale geschleudert. Die Crew wurde in ihren Sitzen einem enormen Anpressdruck und wechselnden Belastungen ausgesetzt. Die Sitze und Sicherheitsgurte waren aber so intelligent konstruiert, dass sie den Belastungen aktiv entgegenwirkten, um die auf die Crew einwirkenden Kräfte auf ungefähr 1 g halten zu können. Der gesamte Sprung dauerte knappe sechzig Sekunden, kam der Besatzung aber vor wie eine Ewigkeit.
„Sie werden uns folgen und uns finden!“, sagte Sander aufgeregt.

Jetzt kam Schneiders große Stunde. Seelenruhig entriegelte er den roten Schalter, gab den Login-Code und anschließend den Aktivierungscode ein. Die grüne Kontrolllampe leuchtete auf. Die Stempelbombe war jetzt scharf. Sie war durch die Codes mit Koordinaten- und Zeitstempel versehen. Jedes Objekt, dass sich innerhalb der nächsten zwölf Stunden im Umkreis von einer halben Lichtstunde befand würde atomisiert werden. Ihre Verfolger würde es damit wohl erwischen, wenn sie ankamen, denn eine Verfolgung mit Tracern dauerte maximal drei Stunden. Schneider drückte die entscheidende Taste. Die Stempelbombe war abgesetzt.

„Was war das?“, fragte Keller überrascht.
„Eine Stempelbombe“, antwortete Schneider ruhig.
„Einleitung des zweiten Sprungs!“, befahl Schneider.
„Jawohl“, antwortete Baumann. Knappe fünfzig Sekunden später fand der zweite Sprung statt. Sie hatten das Gefühl, dass die Erschütterungen noch stärker waren als beim ersten Mal. Aber die ‚Pulsar‘ und die gesamte Crew überstanden auch den zweiten Sprung.

Jetzt hieß es, abwarten. Konnte die ‚Kaiman‘ die Stempelbombe überlebt haben? Würde die ‚Kaiman‘ ihnen auch nach dem zweiten Sprung noch folgen?

An Bord war eine gespenstische Ruhe. Alle warteten gespannt. Nach einer Stunde Wartezeit war Schneider sicher, dass seine Operation erfolgreich gewesen war.

In aller Seelenruhe sagte Schneider: „Baumann, stellen Sie fest, wohin es uns verschlagen hat... und dann Zielkoordinaten Erde eingeben."

„Wir hatten eine Stempelbombe an Bord?", fragte Meier aufgeregt. „Aber woher...?"
„Tja, manchmal ist es gut, wenn der Kommandant ein wenig vorausdenkt", meinte Schneider völlig unbescheiden. Langsam wurde der Crew bewusst, was sie gerade erlebt hatten und in welcher Gefahr sie sich befunden hatten.

„Sie haben das Schiff und unser Leben gerettet", sagte Kramer erleichtert und bewundernd. Alle übrigen Anwesenden bestätigten Kramers Aussage und applaudierten Schneider.

Er, Mathias Schneider hatte wieder einmal eine Heldentat vollbracht und durch seinen Mut und seine Entscheidungskraft Schiff und Besatzung gerettet.

Und beim Gedanken daran, dass er und die attraktive Julia Sander ein Paar waren durchlief ihm selbst im Traum ein wohliges Gefühl.

Der Vibrationsalarm riss Schneider aus dem Hochgefühl des Jubels in die Realität. Er wurde wach und musste erst einmal zu sich finden. Wer bin ich? Wo bin ich? Er schaute auf die Uhr. Er fühlte sich unausgeschlafen und zerknittert. Als ihm kurz darauf bewusstwurde, dass er wieder einen luziden Traum durchlebt hatte, fühlte er sich sehr, sehr gut. Letztlich waren alle seine Mitarbeiter aus der BauCom ihm, dem Kommandanten, untergeordnet gewesen. Er hatte im Traum befohlen, die Welt gerettet und es allen gezeigt!

Kapitel 7

Schneider stand auf und ging als erstes unter die Dusche. Während er duschte durchlief er gedanklich noch einmal seinen Traum. Er musste zugeben, mit zunehmender Zeit gelangen ihm luzide Träume immer besser. Sie enthielten zunehmend mehr Emotion und Realität. Aber anstrengend waren sie auch. Das war aber bedeutungslos, solange er der Held war!

Er setzte einen starken Kaffee auf und gönnte sich ein üppiges Frühstück. Er las ein wenig in der Tageszeitung. Aktuelles, Politik, Wirtschaft und ein bisschen im Sportteil. Dann bereitete er seine Arbeitstasche vor, kleidete sich an und machte sich auf den Weg zur Arbeit.

Es war wieder ein schöner und sonniger Tag. Er betrat das Firmengelände, dass mit seinen Rasenflächen, gepflasterten Wegen, den üppigen Blumenbeeten und den schattenspendenden Bäumen eine schöne Parkatmosphäre bot.

Er loggte sich im Foyer ein, betrat das Bürogebäude und begab sich zum Aufzug. Auf dem Weg dahin begegnete ihm Meier, der ihn kurz grüßte und ein wenig distanziert wirkte. ‚Wer weiß, was heute wieder auf mich zukommt', dachte Schneider. Auf der fünften Etage angekommen, kamen gerade Keller und Sander aus einem anderen Flur auf ihn zu. Er grüßte höflich, die beiden Frauen grüßten zurück, aber auch hier hatte er das Gefühl, dass irgendetwas nicht stimmte.

Er betrat sein Büro und legte seine Jacke und seine Arbeitstasche ab. Er setzte sich auf seinen Bürodrehstuhl, rollte an seinen Schreibtisch und schaltete den Rechner ein. Dann öffnete er die Schublade seines Schreibtisches und holte die Mappen zum Projekt ‚Infinity' heraus. Heute würde er das Projekt abschließen können. Es fehlten nur noch ein paar Notizen, ein Kurzbericht, ein paar Unterschriften und das Projekt wäre beendet. Eine große Sorge weniger.

Es klopfte an der Tür. „Herein!", rief Schneider. Die Tür öffnete sich und Kramer kam herein.
„Was macht denn ‚Infinity'?", fragte Kramer vorsichtig.
„Wird wohl heute fertig", sagte Schneider.
„Das ist ja schön", meinte Kramer, „aber eigentlich bin ich wegen etwas Anderem gekommen. Ist mir ein wenig unangenehm. Aber…"
„Nun mal heraus mit der Sprache"
„Also, …" begann Kramer erneut. „Es war wirklich komisch, aber … heute Nacht hatte ich einen so intensiven Traum. Wir, sicherlich lachen Sie jetzt, wir waren auf einem Raumschiff im Weltall. Ich kann mich nicht mehr an Vieles erinnern, aber so etwas Intensives habe ich noch nie geträumt."
Schneider pochte das Herz bis zum Hals. Hatte er das richtig gehört?
„Worum ging es denn da?", fragte er unschuldig.

„Das weiß ich nicht mehr genau“, sagte Kramer. „Aber es war ein richtiger Albtraum. Wie Albträume so sind, ausweglose Situation, Stress und schweißgebadet aufwachen. Ist jetzt auch nicht so wichtig, ich wollte es nur einmal erwähnt haben. Na ja, weil Sie ... und ich glaube noch andere aus der Abteilung im Traum vorkamen.“
„Ist ja interessant“, sagte Schneider. „Warum träume ich nicht einmal so etwas? Aber noch einmal zurück zu meinem Projekt,“ lenkte Schneider ab.
„Ich glaube wirklich, dass ich es heute abschließen werde.“
„Na dann, schon einmal herzlichen Glückwunsch und viel Erfolg!“, verabschiedete sich Kramer und verließ das Büro.
‚Er hat von mir…, von uns…, im Weltall geträumt‘ ging es Schneider nicht mehr aus dem Kopf. Sollte das ein großer Zufall sein?

Er versuchte sich zu konzentrieren und begann mit seiner Arbeit. Er wollte heute unbedingt mit ‚Infinity‘ fertig werden. Doch immer wieder schweifte sein Blick auf die Wand in seinem Büro, an der die Aufnahme, die das Hubble-Teleskop vom Pferdekopfnebel gemacht hatte hing. Und immer wieder dachte er an Kramers Traum…

Er fasste die letzten Projektberichte zusammen zu einem Gesamtbericht. Unterfüttert wurden die Daten mit Auswertungen und Grafiken aus Excel, die er selber erstellt hatte. Die Berichte seiner Außendienstmitarbeiter sortierte er gewissenhaft und ließ die wesentlichen Aussagen in seinen Projektbericht einfließen. Gelegentlich hatte er noch eine Rückfrage. Dann telefonierte er mit der entsprechenden Person uns sorgte für Klärung der Sachverhalte. Langsam kam er in eine Flowphase, in der er alles um sich herum vergaß.

Dann wurde er jäh wieder aus seiner Arbeitsphase gerissen, als Baumann wie immer ohne anzuklopfen seine Bürotür öffnete und hereingestürmt kam.
„Schneiderlein, wieder fleißig?" fragte er provozierend.
„Ja", antwortete Schneider. „Schneider bitte, Schneider ist mein Name und anklopfen... darüber würde ich mich sehr freuen."
„Na, nun werden Sie mal nicht frech", grinste Baumann. „Wie sieht es aus mit ‚Infinity'? Wird das heute noch fertig? Will ich zumindest hoffen. Ich habe dem Vorstand nämlich gesagt, dass das Projekt heute abgeschlossen wird. Zwei Vorstandsmitglieder werden morgen kommen und sich das komplette Projekt vorstellen lassen. Schneider, ich verlasse mich da auf Sie! Enttäuschen Sie mich nicht."
Was für ein Wortschwall und was für ein Idiot, dachte Schneider.
„Ja, ich glaube es sieht gut aus. Wenn nichts Unerwartetes dazwischenkommt, wird das heute Abend abgeschlossen sein. Wann kommt denn der Vorstand?"
„Die Sitzung und die Präsentation sind für morgen Nachmittag 15:00 Uhr geplant. Das schaffen Sie doch, Schneider, oder?"
„Ja, ja, ich denke schon..."

„Na dann mal wieder ran an die Arbeit“, sagte Baumann grinsend. „Ach ja, und bevor ich es vergesse… Ich hatte vergangene Nacht einen erstaunlichen Traum“

Schneider stockte der Atem.

„So, was für einen Traum denn?“, fragte Schneider interessiert.

„Ich weiß nicht mehr so genau, aber es war ein heftiger Traum. Er spielte im Weltall, … in einem Raumschiff oder so. Und Sie, Schneider waren der Kommandant … Muss man sich mal vorstellen, Schneider Sie waren der Kommandant“ sagte Baumann und grinste dabei. Ich glaube, auch andere aus der Abteilung kamen im Traum vor. Aber ich kann mich an fast nichts mehr erinnern. Wollte ich Ihnen nur sagen, weil Sie in meinem Traum vorkamen. Ich glaube, ich sollte ein bisschen weniger arbeiten, wenn ich schon nachts von meiner Abteilung im Weltall träume.“

Schneiders Herz pochte wieder bis zum Hals.

„Ja, vermutlich müssen Sie sich ein bisschen mehr zurücknehmen. Wenn man anfängt, berufliche Probleme mit nach Hause zu nehmen oder sogar davon zu träumen, sollte man das vielleicht als Warnung sehen.“

„Da kann was dran sein, … jedenfalls war es ein merkwürdiger Traum. Ach ja, denken Sie daran, mir die Präsentation rechtzeitig zu mailen, damit ich mal drüber schauen kann,“ kam Baumann wieder auf die Arbeit zu sprechen.

„Ja, klar. Mache ich“, sagte Schneider.

Baumann drehte sich um und verließ ohne ein weiteres Wort Schneiders Büro.

‚Das kann unmöglich sein', dachte Schneider. Bei Kramer dachte er noch, dass es vielleicht ein erstaunlicher Zufall war, dass Kramer ausgerechnet letzte Nacht etwas Ähnliches wie seinen luziden Traum geträumt hatte. Aber jetzt auch noch Baumann? Äußerst seltsam.

Schneider setzte seine Arbeit fort und kam gut voran. Er würde recht früh mit Allem fertig werden. Dann könnte er noch die Präsentation zusammenstellen. Und falls er heute damit nicht fertig würde, hatte er morgen ja noch genügend Zeit bis zum Meeting mit dem Vorstand.

Es klopfte an der Tür. „Herein!", rief Schneider. Meier öffnete die Tür und streckte den Kopf durch die Öffnung.
„Hey Schneider, wie sieht's aus? Gehst du mit in die Kantine?"
Schneider hatte in seinem Arbeitsfluss wieder nicht auf die Uhr geschaut und damit fast wieder die Mittagspause verpasst.
„Ja, klar, ich komme", sagte Schneider.

Sie gingen zur Kantine und Meier erzählte Schneider alles über das gestrige Fußball-Pokalspiel. Schneider, der sich ja überhaupt nicht für Fußball interessierte, kommentierte Meiers Erzählung mit einem gelegentlichen „Wirklich?", „Ist ja interessant", „Das war dann ja wirklich unglaublich", ...

Kurz bevor sie ihr Ziel erreichten, begegneten ihnen Sander und Keller, die gemeinsam zur Kantine gingen. Sander sah wieder unglaublich aus. Schneider dachte an seinen Traum von letzter Nacht.
Es wurde ein kurzes und knappes „Hi“ und „Hallo“ ausgetauscht, dann betraten sie die Kantine und stellten sich für das Essen an.
Zu viert setzten sie sich an einen Tisch und aßen ziemlich schweigsam. Schneider kam die ganze Atmosphäre ein wenig komisch vor. Er fühlte sich nicht besonders wohl.“
Als sie fertig gegessen hatten begann Keller das Gespräch.
„Ich habe mich heute Morgen mit Julia unterhalten. Dabei habe ich ihr von einem Albtraum erzählt, den ich letzte Nacht hatte.“
Schneider wurde bleich und der Atem stockte ihm.
„Ich habe ihr davon erzählt, dass ich mit Ihnen Herr Schneider, in so einer Art Raumschiff irgendwo unterwegs war. Ich kann mich nicht mehr an viele Details erinnern, nur daran, dass es wohl ziemlich aufregend war, ein Albtraum halt. Und dann kam es ..., nicht wahr Julia?“
„Ja,“ sagte Sander. „Ich war völlig verblüfft, denn ich habe letzte Nacht fast genau dasselbe geträumt wie Sabrina. Im Weltraum, in einem Raumschiff, irgendetwas Schlimmes muss da wohl passiert sein, jedenfalls hat mich das Ganze im Traum ziemlich gepackt. Aber das Beste...“, sagte sie und begann zu kichern. „Das Beste, das haltet ihr jetzt nicht für möglich...Im Traum waren das Schneiderlein und ich ein Paar. Könnt ihr

euch das vorstellen? Ich und das Schneiderlein?", lachte sie lauthals. Keller stimmte mit ein. Meier schaute verlegen auf den Tisch und Schneider suchte vergeblich den Boden, in den er versinken konnte.
„Ist ja interessant. Beide hatten einen ähnlichen Traum. Das kommt ja wohl selten vor", versuchte er das Gespräch wieder in ruhigere Bahnen zu lenken.
„Das kann man wohl sagen", meinte Sander. Die beiden Frauen standen auf und gingen grinsend zur Abgabestelle für das gebrauchte Geschirr.
Schneider und Meier blieben noch kurz an ihren Plätzen sitzen. „Zicken", meinte Meier. Schneider antwortete nicht darauf.

Wie konnte das sein, dass jetzt schon vier Personen sich an einen Traum erinnern konnten, den er selber als luziden Traum kreiert hatte?

Auf dem Rückweg zu den Büros begann Meier: „Übrigens, ich habe eben in der Kantine nichts gesagt. Vielleicht war ich ein wenig zu sehr geschockt, als die ‚netten' Frauen von ihrem gemeinsamen Traum sprachen ... Aber ich habe letzte Nach fast dasselbe geträumt. ‚Wahnsinn', dachte ich in dem Moment."
Schneider wurde flau im Magen und schwarz vor Augen. Er stolperte und konnte sich gerade noch mit einer Hand an der Wand abstützen.
„Geht es Ihnen nicht gut", fragte Meier.
„Doch, doch, geht schon wieder."

An seinem Arbeitsplatz angekommen brauchte Schneider noch zwanzig Minuten, um sich innerlich zu beruhigen und sich wieder in die Arbeit stürzen zu können. Fünf im Traum beteiligte Personen konnten sich an den Traum erinnern. Unmöglich, dachte er.

Er fügte noch ein paar Folien in seine Präsentation ein und überprüfte noch einmal das Design der Präsentation. Schließlich sollte sie professionell aussehen. Im Folienmaster ergänzte er noch eine feine Linie, die dem Design noch etwas Dezentes und gleichzeitig aber Hochwertiges verlieh.

Bei der wiederholten Durchsicht der Präsentation fielen ihm noch einige Rechtschreibfehler auf, die er korrigierte. Er wunderte sich über diese Fehler, denn eigentlich war er der Rechtschreibung mächtig und außerdem was das anging auch sehr akribisch. Und trotzdem unterliefen immer wieder einige wenige Flüchtigkeitsfehler. Ein paar Details konnte er noch ergänzen, achtete aber darauf, keine der Folien mit Text oder Informationen zu überfrachten. Bei einer Präsentation ist häufig weniger mehr. Zu den Stichworten, Grafiken und Daten würde er ja im Wesentlichen sprechen und erläutern.

Gegen siebzehn Uhr war Schneider mit allem was er sich für heute vorgenommen hatte fertig. Das Projekt war hiermit abgeschlossen und fertig dokumentiert. Wie versprochen schickte er Baumann noch die fertige Präsentation, die er morgen dem Vorstand vorstellen würde. Er fühlte sich sicherer, wenn Baumann noch einmal drüber schauen würde. Schließlich sehen vier Augen mehr als zwei. Und falls Inhalte, die für ihn selbstverständlich waren, für einen Außenstehenden aber schwer verständlich oder sogar unverständlich wären, könnte ihn Baumann noch darauf hinweisen. Er wäre dankbar, falls Baumann noch Bemerkungen, Anregungen oder Verbesserungsvorschläge hätte. Er machte eine Datensicherung, fuhr die Rechner herunter, packte seine Sachen und verließ das Büro. Für den restlichen Tag hatte er sich nichts Besonderes vorgenommen. Er wollte nur ein paar nötige Dinge einkaufen, und nachdem er gegessen hatte, einen ruhigen Abend verbringen. Etwas Ruhe würde ihm mit Blick auf den morgigen Tag sicherlich guttun.

Als er am nächsten Morgen wach wurde, fühlte er sich nach langer Zeit noch einmal richtig ausgeschlafen und fit. Er duschte, machte sich einen Kaffee, frühstückte und las die Zeitung. Routine, wie fast jeden Morgen. Als er das Haus verließ und sich auf den Weg zum Bus machte, begrüßte ihn eine fröhlich scheinende Sonne. ‚Heute wird ein guter Tag', versprach er sich in Autosuggestion. 'Heute wird ein guter Tag' wiederholte er wie ein Mantra.

Die Linie 14 war um diese Zeit immer voller Fahrgäste. Bis zur Station ‚Sigmund-Freud-Straße' war die Linie so wie heute sogar ziemlich überfüllt. Erst danach, wenn viele Passagiere in der Nähe der Innenstadt ausgestiegen wären, würde der Bus etwas leerer werden.

Da Schneider bereits an einer der ersten Haltestellen eingestiegen war, hatte er einen Sitzplatz mit Fenster gewählt.

Während der Busfahrt schaute er aus dem Fenster, sah Bäume, Autos und Häuser an sich vorbeiziehen, und versuchte sich damit ein wenig abzulenken, indem er sich die vorbeihuschenden Häuserfassaden etwas genauer anschaute. ‚Erstaunlich', dachte er. ‚Ich fahre diese Strecke zum x-ten Mal, aber erst heute nehme ich zum ersten Mal bewusst wahr, wie unterschiedlich die Fassaden, die Giebel und die Fensterfronten gestaltet sind'. Man nimmt so viele Dinge im Leben überhaupt nicht wahr. Erst wenn man sich auf ein bestimmtes Thema, auf ein bestimmtes Merkmal fokussiert, gewinnt man daraus Erkenntnis. Alles Übrige dümpelt am Bewusstsein einfach vorbei. Beim Spazierengehen auf einem Waldweg müsste er sich nur einmal hinknien und sich eine der vielen kleinen Pflanzen am Wegesrand genauer anschauen, um die Schönheit der Blätter, der Blüte, der Blume, ... bewusst wahrzunehmen. Würde er aber versuchen, alles bewusst wahrzunehmen, wäre in seinem Gehirn ein permanenter Overflow und er würde durch die Fokussierung auf lauter ‚fürs Überleben' unwichtige und überflüssige Dinge seine eigentlichen Ziele nie erreichen können. Das hat die Natur schon perfekt eingerichtet, dass die allermeisten Dinge in unserem Leben als belanglos eingestuft und einfach ignoriert werden. War das dritte Auto, welches vor zehn Minuten bei Rot an der Ampel vor uns stand weiß? War es grün? Belanglos, also ignoriert. Und in der Natur macht alles Sinn! Energie und Ressourcen sparen. Mit nichts belasten was überflüssig ist. Und alles Überflüssige, das wir dennoch wahrgenommen haben, wird vermutlich nicht den Weg ins Langzeitgedächtnis finden. Ökonomisch.

Er sah sich jetzt ein wenig im Bus um. ‚Alles Menschen mit Historie, mit Gefühlen, mit Persönlichkeit, mit Sorgen, Wünschen und Träumen' sinnierte Schneider. Sein Blick fiel auf die junge Frau, die ihm gegenübersaß. Sie schaute aus dem Fenster und ging offenbar ihren Gedanken nach. Schneider schaute sich die Frau, so unauffällig es ihm gelang, etwas genauer an. Sie hatte lange dunkle Haare, die sie zu einem Pferdeschwanz zusammengebunden hatte. Sie trug Sneakers und eine Jeans mit zwei ausgefransten Designerlöchern an den Knien. Darüber trug sie ein modisches Top. Darüber eine Jacke mit halbem Arm. So wie sie saß, konnte Schneider sehen, dass sie auf einem Unterarm ein Tattoo trug. Es war kein Bild, sondern ein Text. Schneider konnte den Text aber nicht richtig lesen, da er halb verdeckt war. ‚Was mag da wohl stehen?', dachte er. Es gibt natürlich die unsinnigsten und verrücktesten Tattoos, die ihrem Träger aber sicherlich in irgendeiner Form wichtig waren, ja vermutlich eine besondere Bedeutung hatten. Auch wenn ihm wohl auf ewig verschlossen bleiben würde, warum sich Menschen, die der chinesischen Sprache in keiner Weise mächtig waren, chinesische Schriftzeichen auf Armen oder in den Nacken tätowieren ließen. Sie wussten vermutlich nicht einmal was da stand und glaubten dem

Tätowierer, dass die hübschen Zeichen eine bestimmte Bedeutung hätten. Er dachte dann immer, dass das Tattoo vielleicht ‚Mit Käse überbacken‘ oder ‚Der Laden schließt gleich‘ bedeutet und der Tätowierer es als Segensspruch verkauft hatte und sich innerlich totlachte. Vermutlich aber kannte er selber die tatsächliche Bedeutung nicht.

Nach einer Weile drehte sich die junge Frau um, und blickte Schneider direkt an und lächelte. Er fühlte sich ertappt und wich dem Blick aus, indem er seinen Blick senkte. ‚Hat sie bemerkt, dass ich sie angesehen habe?‘, fragt er sich. Jetzt, wo er den Blick gesenkt hielt und die junge Frau ihren Arm anders gelegt hatte, konnte er ihr Tattoo lesen: ‚Nil sine causa.‘ Seine rudimentären Lateinkenntnisse reichten, um diesen lateinischen Spruch zu übersetzen: ‚Nichts ohne Grund‘, oder vielleicht noch besser: ‚Alles hat eine Ursache‘.

Während er diesen Gedanken nachhing, war er überrascht, wie schnell er an der Zielhaltestelle angekommen war. Er verließ den Bus und verlor die junge Frau schnell aus seinen Gedanken. Aber ‚Nil sine causa‘ blieb in seinem Kopf.

Im Büro befasste er sich mit der Ablage von Dokumenten aus dem abgeschlossenen Projekt ‚Infinity‘. Danach ging er noch einmal seine Präsentation durch und bereitete sich auf die Sitzung am Nachmittag vor.

Kurz vor fünfzehn Uhr ging Schneider dann mit seinem Notebook und dem USB-Stick, auf dem die Präsentation gespeichert war, zum Besprechungsraum. ‚Oh', dachte Schneider, ‚großer Bahnhof'. Neben zwei Vorstandsmitgliedern, die am Kopfende saßen, saß Baumann. Dann waren noch weitere sieben Personen anwesend, von denen er drei nicht kannte. Er setzte sich an einen freien Platz und sah das an der gegenüberliegenden Wand aufgebaute Buffet. Nach der Sitzung würde es sicherlich etwas Gutes geben.

Baumann eröffnete die Sitzung, begrüßte die beiden Vorstandsmitglieder und die übrigen Anwesenden und bedankte sich für ihr Kommen. Nach kurzen einleitenden Worten sagte er:

„So, meine Damen und Herren, nun ist es soweit: Die Abschlusspräsentation für das Projekt ‚Infinity'!"
Die Anwesenden klatschten. Schneider pochte das Herz bis zum Hals. Dann ging Baumann zu einem Notebook, das bereits dastand, schaltete den Beamer an und öffnete Schneiders Präsentation. Dann begann er mit der Präsentation. Schon auf der ersten Folie der PowerPoint Präsentation stach ihm ins Auge, dass sein Name als Autor und Referent durch Baumanns Name ersetzt war. Schneider verstand die Welt nicht mehr. Baumann verkaufte gerade seine Präsentation als seine eigene. Er hatte sie ja gestern rechtzeitig bekommen und hatte sich darauf vorbereiten könnten. Unglaublich, dachte Schneider.

Baumann führte die Präsentation vor, erläuterte die einzelnen Folien mit den einzelnen Projektschritten bis hin zum Abschluss. Nach ungefähr dreißig Minuten beendete der die Präsentation und stellte sich den Fragen der Anwesenden. Nachdem ein paar Fragen von Baumann beantwortet wurden, applaudierten alle Anwesenden und S. Böhme vom Vorstand stand auf.

„Vielen Dank, Herr Baumann, für die hervorragende Präsentation. Unser herzlicher Dank gilt Ihnen und Ihren Mitarbeitern. Als Abteilungsleiter haben Sie sehr gute Arbeit geleistet. Dieses abgeschlossene Projekt und weitere noch im Aufbau befindliche Projekte lassen uns, die BauCom, hoffnungsfroh in die Zukunft blicken."

Schneider wurde mit keinem Wort erwähnt. Er saß an seinem Tisch blickte auf die Tischplatte, aber genau genommen ins Leere. Wie konnte das wieder sein? Sein Projekt, seine Arbeit, seine Präsentation, aber jemand anders steckte sich dafür die Lorbeeren ein. Er traute sich aber auch nicht aufzustehen und die Lorbeeren für sich zu reklamieren.

Er würde es allen zeigen! Irgendwann!

Kapitel 8

Nach dem gestrigen Erlebnis, als Baumann Schneiders Präsentation als seine eigene verkauft hatte, war Schneider nervlich ziemlich am Ende gewesen. Heute, den ganzen Tag über hatte er das Gefühl, dass Baumann ihm aus dem Weg ging. Kein Wunder. Gleichzeitig bekam er aber mit, dass wohl eine ganze Reihe von Mitarbeitern, ‚Lakaien' und ‚Speichellecker', wie Schneider sie gedanklich nannte, zu Baumann gingen um ihm zu seinem großen Erfolg zu gratulieren. Schneider hatte heute extra etwas früher Feierabend gemacht. Direkt nach der Arbeit war er in den Naturpark gefahren, um wieder seine innere Ruhe zu finden. Er ging einen seiner gewohnten Wege zu einem kleinen See. Es gab einen kleinen Pfad am Ufer des Sees entlang. Für eine Umrundung des Sees benötige man, wenn man gemütlich ging ungefähr fünfundvierzig Minuten. Schneider setzte sich unterwegs ab und zu ins Gras, genoss die Stille des Sees, das Zwitschern der Vögel und den klaren, blauen Himmel. Zum Glück, dachte er, hatte er den See heute für sich alleine. Er begegnete keiner Menschenseele. Hier fand er seine innere Ruhe, Sonne, See, Seelenruhe.

Nachdem er zu Abend gegessen hatte, er hatte sich etwas zu Essen nach Hause bestellt, sah er wie üblich die aktuellen Nachrichten und gönnte sich danach die Sinfonie Nr. 4 in G-Dur von Gustav Mahler. Mit seinen Kopfhörern war er von der akustischen Umwelt isoliert und konnte sich voll und ganz auf die klassische Musik konzentrieren. Auch wenn er sonst nicht der große Fan von klassischer Musik war, aber Mahler hatte etwas, was ihn in seinen Bann zog.

Jetzt war er bereit. Hoffentlich gelingt es wieder, dachte er. In letzter Zeit gelang es ihm ja immer besser, einen luziden Traum zu generieren, wann immer er wollte. Das war nicht immer so. Anfangs gab es viele Fehlversuche. Nachdem er sich aber die Anspannung auf das Erwartete abgewöhnt hatte und mit innerer Ruhe, im Bewusstsein, dass es funktionieren würde, an das Träumen heranging funktionierte es fast immer.

Mit Hörschutz und Schlafbrille legte er sich ins Bett. Auf das Vibrationsarmband verzichtete er, da er am nächsten Morgen beliebig lange schlafen konnte. Er war nicht aufgeregt, aber doch gespannt, ob er etwas und falls ja, was er in der Nacht erleben würde.

Er schloss die Augen und versuchte einzuschlafen. Er drehte sich von links nach rechts, aber an Einschlafen war nicht zu denken. Vielleicht war es heute doch ein Kaffee zu viel, dachte er. Und dann hatte er diesen Ohrwurm, Mahlers Sinfonie. Er bekam diese Melodien nicht mehr aus dem Kopf. „Ruhe!“, rief Schneider. Meier sah ihn aber nur verstört an und meinte: „Sorry, aber wenn ich das Steuermodul hier ersetzen soll, dann geht das nicht ganz geräuschlos, Kommandant.“ „Ist ja gut“, meinte Schneider.

Er saß am Kommandantenpult und prüfte Koordinaten, Geschwindigkeit und Kontrollleuchten. Alles schien in Ordnung zu sein. Lediglich das Steuermodul, an dem Meier gerade arbeitete hatte ein gelbes, blinkendes Leuchten von sich gegeben. Nicht kritisch. Vorsichtshalber ließ er es von Meier austauschen. Anschließend konnte man das vielleicht defekte Steuermodul durchmessen, um festzustellen, woran die Fehlermeldung lag.

Die ‚Pulsar' befand sich seit zwei Monaten im Oktolichtraum auf dem Weg nach Alrischa, dem großen Doppelsternsystem im Sternbild Fische. Es gab einen Großauftrag des Gamma-Konsortiums vom Planetensystem von Enif im Sternbild Wassermann. Burim, der größte Planet im Planetensystem Alrischa verfügte über gigantische Vorkommen von Alraunium. Alraunium war vom Konsortium sehr begehrt und es war bereit, hohe Preise dafür zu zahlen.

Der Flug verlief ruhig und die Crew war im Wesentlichen mit Routineaufgaben betraut. Kontrollaufgaben, Manöver, in denen kritische Situationen simuliert wurden..., alles Routine. Baumann beobachtete wie immer den Hyp-Radar. Kramer, der sich mit Baumann am Hyp-Radar abwechselte hatte zurzeit seine Ruhepause, die er in seiner Kajüte verbrachte. Dabei war der Begriff Kajüte leicht untertrieben. Unter einer Kajüte stellte man sich gewöhnlich ein kleines und enges Quartier mit einfachen Pritschen und wenig Komfort auf einem Schiff vor. Auf der ‚Pulsar' verfügte jedes Crew-

Mitglied über eine große Wohneinheit für eine Person, ausgestattet mit Sanitärräumen, Okto-TV, praktischer und bequemer Möblierung, wie in einem Vier-Sterne-Hotel. Das Doppelquartier von Schneider und Sander war ungefähr doppelt so groß wie die übrigen Quartiere und noch deutlich luxuriöser ausgestattet. Es verfügte sogar über eine größere Minibar und einen Whirlpool. Das stand einem Kommandanten wie Schneider zu.

Julia Sander saß an einer der Kommunikationszentralen, und scannte laufend die gängigen Frequenzen, auf denen im Oktofunk kommuniziert wurde. Schneider hatte sich heute für den bequemen, inoffiziellen Dresscode entschieden. Gewöhnlich trugen alle Crewmitglieder einheitliche Arbeitskleidung. An der Farbe der Uniform konnte man, ähnlich wie bei einem Militärschiff, die Funktion und die Position, die jemand innehatte erkennen. Schneider trug das dunkle rot des Kommandanten, Baumann als Navigator trug wie auch Kramer ein dezentes braun und die beiden Frauen, die für die Kommunikation zuständig waren ein dunkles blau. Dieses dunkle blau stand Sander hervorragend. Schneider war sehr zufrieden mit sich und seiner Partnerin. Meier als Techniker an Bord trug ein grünes Outfit.

Schneider machte es sich bequem und hing seinen Gedanken nach. Wenn sie im Orbit von Alrischa angekommen wären, alles Geschäftliche erledigt hätten und das Alraunium an Bord wäre, würde er der Crew ein paar Tage Urlaub auf Burim gönnen. Burim hatte ungefähr das dreifache an Volumen der Erde. Durch das Doppelsternsystem herrschte ein sehr angenehmes regelmäßiges wechselndes Licht. Bei einer Tagesdauer von 36 Erdstunden gab es täglich, je nach Position von Burim, mehrere Sonnenauf- und -untergänge. Extra für Besucher von der Erde, die häufig geschäftlich auf Burim erschienen, war ein riesiges Areal mit künstlicher Atmosphäre und angepasster Erdschwerkraft angelegt worden.

„Ich empfange ungewöhnliche Schwingungen“, meldete Sander.
„Bitte präzisieren“, meinte Schneider. „Was heißt ‚ungewöhnlich‘?“
„Ich kann es noch nicht genau bestimmen. Irgendetwas zwischen Rauschen und Schwingen... Ich versuche, mehr herauszufinden.“
„Ok.“

„Auf dem Hyp-Radar erscheinen ungewöhnliche Muster. Kaum wahrnehmbar. Aber hier am Rand des Erfassungsgebiets habe ich sie festgestellt“, meldete nun auch einige Minuten später Baumann.
„Bisher nicht kritisch“, meinte Schneider. „Bitte weiter beobachten und Veränderungen melden.“
„Jawohl“

Nun meldete sich auch Meier: „Es gibt hier kleine Veränderungen, die ungewöhnlich sind. Der Gravitationswellendetektor meldet Veränderungen im Schwerkraftbereich in ungefähr fünfzig Lichtminuten Entfernung.“

„Die veränderten Muster im Hyp-Radar befinden sich ungefähr in derselben Entfernung“, sagte Baumann. Schneider runzelte die Stirn. Was könnte das sein? In dieser Zone des Oktolichtraums befand sich laut Datenbank rein gar nichts. Zumindest nichts, was eine Störung verursachen könnte.
„Die Schwingungen, ich glaube ich nenne es besser Überlagerungen, im Kommunikationsnetz werden deutlicher. Ich habe keine Ahnung, was das sein könnte“, meldete Sander.
„Weiter beobachten“, sagte Schneider und untersuchte, ob er in seinem Kommandantenmodul Informationen über ein solches Phänomen finden konnte.“

„Wir geraten ein wenig vom Kurs ab“, meldete Baumann.
„Was heißt das?“, fragte Schneider.
„Wir bewegen uns minimal, aber messbar auf die Quelle der gemessenen Gravitationswellen zu. Die Muster in Richtung der Gravitationswellen werden auf dem Hyp-Rader deutlicher, im Vergleich zur normalen Darstellung verzerrter.“
„Ok“, sagte Schneider. ‚Gravitationswellen nehmen zu, Oktofunk gestört, Kursabweichung in Richtung der Gravitationswellen‘, überlegte er. Es musste sich um ein extrem massereiches Objekt handeln, was im Oktolichtraum für eine solche Störung sorgen konnte. ‚Abwarten‘, dachte er. Vielleicht sind wir in Kürze aus der Zone raus und alles ist wieder normal‘. Er checkte noch einmal die Datenbank. Es gab keinerlei Hinweise auf

ein massereiches Objekt in diesem Bereich des Oktolichtraums.

Mittlerweile waren ein paar Stunden vergangen, und der Schichtwechsel hatte stattgefunden. Keller hatte Sander im Kommunikationsmodul abgelöst. An der Navigation saß nun Kramer für Baumann, der sich in seine Kajüte zurückgezogen hatte.
„Wir haben mittlerweile eine signifikante Kursabweichung in Richtung der Gravitationsquelle," meldete Kramer. Schneider ging zur Navigationszentrale, um sich selber ein Bild von der Situation zu machen. Tatsächlich, die Abweichung war viel größer als zuletzt von Baumann gemeldet. War Baumann überfordert oder übermüdet gewesen? Er hätte die Situation anders einschätzen und melden müssen.
„Die Messungen ergeben, dass die Gravitation immer stärker wird", meldete Meier. Mittlerweile war das Bild des Hyp-Radars in weiten Teilen verzerrt und Kommunikation war auf keiner Frequenz mehr möglich.
Schneider dachte nach. Es konnte nur eine mögliche Erklärung für die Situation geben. In der Dimension des Oktolichtraums gab es nur ein Objekt, dass solche gigantischen Kräfte ausüben konnte: ein Schwarzes Loch.

Es waren keinerlei Informationen über ein Schwarzes Loch auf dieser Route bekannt. ‚Nützt aber auch nichts', dachte Schneider. Relevant ist für uns nur die Realität. Die Gravitation zog die ‚Pulsar' immer stärker in Richtung der Gravitationsquelle. Schneider erhöhte die Intensität der Triebwerke, um den Kurs beizubehalten. Die Zunahme der Kursabweichung wurde geringer, setzte sich aber weiter fort. Sie schienen langsam den Ereignishorizont des Schwarzen Loches zu erreichen. Wenn sie dort hineingerieten, waren sie hoffnungslos verloren. Einmal in Schwerkraftfalle gefangen, gab es kein Entrinnen. Sie würden unweigerlich in das Schwarze Loch hineingezogen. Die Gravitation würde in kurzer Zeit das Raumschiff und die Crew zerreißen. Bei vollem Schub versuchte Schneider nun das Schiff aus der Gefahrenzone zu manövrieren. Die Instrumente signalisierten, dass die Antriebe unter Volllast liefen. Das würden sie nicht lange durchhalten. Ein Kollaps der Antriebssysteme würde das sofortige Ende bedeuten.

Schneider betrachtete die Instrumententafeln. Voller Schub bedeutete überproportionalen Treibstoffverbrauch. Noch nie war es erforderlich gewesen, die Antriebsaggregate an ihr Limit zu bringen, und noch dazu über einen längeren Zeitraum. Die Temperatur in den Aggregaten stieg an und näherte sich dem kritischen Bereich. Dennoch war deutlich messbar, dass die ‘Pulsar’ weiter in Richtung des schwarzen Lochs bewegte und das mit, wenn auch geringer, aber doch zunehmender Beschleunigung. Die Gravitation eines schwarzen Lochs strebt gegen Unendlich.

Die gesamte Besatzung befand sich in einer Art Schockstarre. Allen war bewusst, wie ohnmächtig sie in diesem Moment waren. Lediglich Schneider blieb ruhig und besonnen. Er wollte sich auf keinen Fall diesem Schicksal ergeben. Nach einer gefühlten Ewigkeit und nach Abwägung aller Alternativen kam Schneider zu dem Entschluss, dass nur eine einzige Möglichkeit übrigblieb: ein Gravo-Torpedo! Entwickelt zur Verteidigung könnte das die Lösung sein. Gravo-Torpedos detonieren und setzen dabei gewaltige Energie frei. Bei dieser genialen Technik würde zusätzlich eine Fusion mit dunkler Energie erzeugt, was die Sprengkraft noch einmal erheblich erhöhen würde. In geeignetem Abstand, zwischen dem Schwarzen Loch und der 'Pulsar' gezündet sollte eine extrem starke Strahlungs-, und Druckwelle entstehen, die die 'Pulsar' vom Schwarzen Loch wegkatapultieren sollte. Die Sache hatte nur einen Haken. Es gab bisher so gut wie keine Erfahrungswerte mit einem Gravo-Torpedo. Und Schneider hatte erst recht keine Erfahrung damit. Es konnte alles Mögliche passieren oder schiefgehen. Was, wenn die enorme Gravitationswelle die ‚Pulsar' zerfetzen würde? Was, wenn die enorme Strahlung das Schiff atomisieren würde? Aber bevor sie endgültig in den Sog des Schwarzen Lochs verschwinden würden war es wohl die einzige Chance.

„Gravo-Torpedo programmieren!" befahl Schneider. „Detonationsdistanz zehn Lichtminuten Entfernung von unserer Position in Richtung der schweren Gravitationsquelle."
„Sind Sie sicher, Kommandant? Ist das nicht zu riskant?" wagte Kramer zu fragen.

„Tun Sie was ich sage“, kommandierte Schneider. „Selbstverständlich bin ich mir sicher bei dem was ich tue.“ ergänzte er in einer Seelenruhe.
„Jawohl“, meinte Kramer.
Meier bereitete das Gravo-Torpedo vor und Kramer übernahm die Programmierung. Sie hatten nur eine Chance. Es durfte nicht zu einem Fehler kommen, sonst wäre es vorbei mit der ‚Pulsar‘ und der gesamten Besatzung. Die Spannung an Bord stieg und war der Crew deutlich anzumerken. Julia Sander stand mittlerweile neben Schneider. Er nahm ihre Hand und schaute sie beruhigend an.
„Wird schon gutgehen“, sagte er zu ihr.
„Ja, ich vertraue dir“, entgegnete sie.
„Alles bereit“, meldete Meier.
„Ebenso alles bereit“, meldete auch Kramer.
„Na dann mal los mit dem Paket“, sagte Schneider.

Auf dem Außenbildschirm konnten sie den Abschuss und den Flug des Gravo-Torpedos verfolgen. Aber schon nach kurzer Zeit verloren sie es aus den Augen. Der Schutzschild der ‘Pulsar’ wurde aktiviert und auf Maximum hochgefahren. So wie der Sonnenwind um das Magnetfeld der Erde herumgeleitet wird, so sollte auch die Strahlung des Gravo-Torpedos um die ‘Pulsar’ herumgeleitet werden. Lediglich die Druckwelle sollte den Schutzschild mit dem darin befindlichen Raumschiff weg vom schwarzen Loch katapultieren.

Schneider ging zu Kramer zur Navigationszentrale und verfolgte nun den Flug des Torpedos auf dem Hyp-Radar. Alles schien nach Plan zu laufen.

„So“, meinte Kramer. „Wenn alles korrekt abläuft müsste es in circa 30 Sekunden zum großen Knall kommen.“

Die Beschleunigung der ‘Pulsar’ in Richtung des schwarzen Lochs nahm unmerklich, aber dennoch messbar zu. Schneider versuchte ein mulmiges Gefühl, dass ihn beschlich zu ignorieren. ‚Normalerweise kann ich mich auf mein Bauchgefühl verlassen‘, sagte er sich innerlich. Und das verhieß im Moment nichts Gutes.

„Zehn, Neun, Acht, ...“ zählte Kramer herunter. Alle Anwesenden krallten sich unterbewusst an ihre Sitze und Armlehnen, wohlwissend, dass das bei der erwarteten Detonation nicht das Geringste bewirken könnte. „Zwei, Eins, Null“, zählte Kramer den Countdown zu Ende, ... aber nichts passierte.

„Was um Himmels Willen ist schief gegangen?“, fragte Kramer.
„Ich weiß es nicht“, antwortete Schneider und schaute ratlos auf die Instrumente. „Alles ist korrekt programmiert worden.“
„Und was jetzt?“, fragte Kaiser, ein Techniker in der Navigationszentrale. „Das schien doch unsere letzte Chance gewesen zu sein.“

Schneider ging zurück in die Kommandozentrale, wo mehrere Besatzungsmitglieder bereits auf ihn warteten. Alle Anwesenden schauten zu Schneider. Ja, er war der Kommandant, er war in der Pflicht, er hatte die Verantwortung für die Crew. Er schaute in die Runde und sagte ruhig: „Nur die Ruhe. Wir werden die Ursache warum es nicht zur Detonation kam schon finden.“ Innerlich hoffte er, er würde Recht behalten. Er ging noch einmal die Programmroutinen durch, die Steuersequenzen. Subroutine A: alles einwandfrei, Subroutine B: ebenfalls. Aber hier, in einer Codezeile schien ein Wert nicht zu stimmen. Er ging die Berechnung des Wertes noch einmal mit Hilfe des Bordcomputers durch. Tatsächlich, der Wert hätte um Faktor fünfzehn höher sein müssen. Was hatte das für Konsequenzen? Er überlegte ... Durch diesen Fehler würde die Zündroutine des Gravo-Torpedos nicht korrekt ablaufen und es würde nicht zur Detonation kommen. Zwölf Minuten waren bereits seit dem abgelaufenen Countdown vergangen. In der Zeit hatte sich das Gravo-Torpedo natürlich schon viel weiter von der ‚Pulsar‘ entfernt als geplant. Und außerdem waren sie wieder eine große Distanz näher zum Ereignishorizont des schwarzen Lochs gezogen worden. Ruhig aber zügig veränderte Schneider den Programmcode, überlegte noch einmal und sandte dann den neuen Programmcode an das Gravo-Torpedo. In Lichtgeschwindigkeit erreichte der Code die Bombe in Sekundenschnelle.

„Verdunklungsvisiere aufsetzen und sichere Position einnehmen! Anschnallen!“, befahl Schneider über

HyperCom der gesamten Besatzung. Keinen Augenblick zu früh. In diesem Moment erschein ein Lichtblitz, der jeden, der kein Verdunklungsvisier mit strahlenresistentem X-Glas getragen hätte auf der Stelle hätte erblinden lassen.

Trotz Visier sah Schneider das extrem grelle Licht, welches sogar die Außenwände der ‚Pulsar' durchsichtig erscheinen ließ. Keine drei Sekunden später erreichte sie die extreme Druckwelle der Detonation. Das Raumschiff wurde erfasst und mit extremer Beschleunigung ins All katapultiert. Trotz Gravitationsdämpfern an Bord, ohne die Menschen einen Flug im Oktolichtraum unmöglich wäre, erfasste die Crew ein Mehrfaches der Erdbeschleunigung. Unmittelbar wurden die Raumfahrer bewusstlos.

Schneider kam langsam wieder zu sich. Er öffnete die Augen und sah, dass einige Bordelemente aus der Verankerung gerissen worden und offenbar durch die Kommandozentrale geschleudert worden waren. Er spürte starke Kopfschmerzen. Vermutlich eine Art Schleudertrauma, dachte er. Kein Wunder bei der Beschleunigung. Er schaute sich um und stellte fest, dass die Schäden wohl geringer waren als zunächst befürchtet. Langsam kamen mehrere Besatzungsmitglieder wieder zu Bewusstsein.

Die Kommandozentrale und der Zentralcomputer schienen funktionsfähig geblieben zu sein. Er meldete sich per HyperCom an die Besatzung und teilte mit,

dass sie die Detonation des Gravo-Torpedos offenbar überstanden und überlebt hatten. Dann sammelte er Informationen über Beschädigungen und Verletzungen. In der Zeit bemühte sich Kramer in der Navigationszentrale ihre aktuelle Position zu bestimmen.
„Das kann nicht möglich sein," meldete Kramer. „Wir sind mehr als vierzig Lichtminuten ins All, weg vom schwarzen Loch geschleudert worden."
Schneider überprüfte die Koordinaten und musste Kramer Recht geben. Die Gravitationskräfte des schwarzen Lochs waren noch messbar, waren aber so gering, dass sie damit außerhalb der tödlichen Gefahrenzone waren. Mit normalem Antrieb konnten sie sich nun weiter vom schwarzen Loch entfernen und wieder Kurs auf Alrischa nehmen.

Die Crew hatte sich in der Messe versammelt. Sander stand nah bei ihm, gab ihm einen Kuss und sagte lächelnd: „Ich glaube, die Mannschaft will sich bedanken ...". Und so war es auch. Unter tobendem Applaus jubelte die Mannschaft ihm zu. Er hatte mit Einsatz des Gravo-Torpedos die richtige Entscheidung getroffen. Er hatte den Fehler im Programmcode entdeckt, behoben und damit ihr Leben gerettet.

Mit mittlerer Geschwindigkeit flog die ‚Pulsar' nun weiter in Richtung Alrischa.

Schneider wachte auf und fühlte sich sehr glücklich.

Kapitel 9

Schneider saß an seinem Frühstückstisch und ging gedanklich noch einmal seinen Traum durch. Er war wieder so realistisch gewesen, dass er sich so ziemlich an jedes Detail erinnern konnte. Luzide Träume sind der Hammer, dachte er. Man kann dort erleben, was man sich im wahrsten Sinne des Wortes erträumt.

Er hatte sich einen starken Kaffee gemacht und zwei Brötchen zubereitet. Eins hatte er mit Käse und Salatblättern belegt, das andere mit Wurst. Und während er nun sein Frühstück zu sich nahm, las er die Tageszeitung. Auf der ersten Seite das Übliche: Politik, etwas Lokales, ... Er überschlug die ersten Seiten, indem er viele Artikel nur selektiv las. Er hatte gelernt schnell zu lesen. Es hatte eine Weile gedauert, bis er vom Wörter lesen über das Sätze lesen bis hin zum Absatz oder Abschnitt lesen fortgeschritten war. Das erleichterte und beschleunigte das Lesen ungemein. Bei vielen Artikeln las er auch nur die Überschrift, die Einleitung und das Ende des Artikels, das Fazit. Damit hatte er in den meisten Fällen die Kerninformationen aufgenommen, ohne den teilweise ausschweifenden Textmittelteil lesen zu müssen.

Auf der Wirtschaftsseite sprang ihm eine plakative Überschrift entgegen: „BauCom setzt mit Industriegroßprojekt ‚Infinity' Maßstäbe". Die darunter stehende kleinere Überschrift lautete: „Projekt abgeschlossen –

Interview mit Vorstand Böhme und Projektleiter Baumann". Wieder einmal blieb Schneider fast das Herz stehen. Er las den Artikel und das Interview, in dem sich Böhme und Baumann mehr oder weniger selbst beweihräucherten wegen ihres hervorragenden Projektes. Im Detail sprachen sie über Planung, kleinere Probleme, die aber ohne Weiteres gelöst werden konnten. Sie sprachen über den ansonsten reibungslosen Ablauf und hervorragendem Abschluss des Projekts. Schneider wurde natürlich wieder mit keinem Wort erwähnt.

Er legte die Zeitung beiseite und wollte zu Ende frühstücken. Aber das Frühstück wollte ihm jetzt einfach nicht mehr schmecken. Also legte er den Rest des Frühstücks in den Kühlschrank. Vielleicht würde er es am Abend zu Ende essen. Aus Erfahrung wusste er aber, dass er das schon oft so machen wollte, die Reste am Abend dann aber statt sie zu essen weggeworfen hatte. Ökologisch natürlich Verschwendung, wusste er, aber was wollte er machen, wenn ihm abends das Frühstück einfach nicht mehr schmecken wollte.

Auf der Fahrt ins Büro schaute er wie so oft aus dem Fenster des Busses und verlor sich in Gedanken. Sollte er sich wegen des Zeitungsberichts ärgern? Schließlich war es wohl normal, dass die Häuptlinge die Lorbeerkränze empfingen und die einfachen Indianer nicht erwähnt wurden und auch noch den großen Häuptlingen huldigten. Es fiel ihm ein Zitat von Mark Twain ein:

‚Als Gott den Menschen am sechsten Tag erschuf war er müde. Das erklärt einiges.‘ Letztlich, dachte er, worüber sollte er sich beklagen. Die Arbeit füllte ihn gut aus, er hatte ein Einkommen, dass ihm ein für seine Verhältnisse angenehmes und sorgenfreies Leben ermöglichte. Was wollte er denn mehr?

In seinem Büro angekommen setzte er sich an seinen Schreibtisch und überlegte, wie er sich den Arbeitstag organisieren würde. Zunächst waren noch einige Ablagearbeiten für das abgeschlossene Projekt ‚Infinity‘ zu erledigen, zwei große Stapel mit Arbeitsmappen und Unterlagen, die noch zum Projekt gehörten und abgelegt werden mussten. Ablage hasste er. Aber wer hasst die Ablage nicht? Er erinnerte sich an seine Berufsausbildung. In jeder Abteilung, die er zugewiesen wurde, musste er als Azubi erst einmal tagelang die Ablage machen. Die Sachbearbeiter hatten auch damals schon keine Lust dazu. Das war halt, neben kopieren, ein großer Teil der Azubiarbeit. Und immer hieß es: ‚Durch die Ablage lernen Sie als Auszubildender doch am meisten. Sie haben Einblick in alle Belege und können sich ein Bild über die gesamte Arbeit der Abteilung machen.‘ So, so …

Wenn er mit der Ablage fertig wäre, würde er anfangen, sich in das nächste Projekt einzulesen. Er wusste schon, dass das Projekt ‚Habitus‘ hieß und einen großen zu bauenden Immobilienkomplex umfasste. In ausgesprochen attraktiver Lage einer Großstadt sollte dieser Komplex mit großen Shoppingeinheiten, Büros und Arztpraxen entstehen. Schneider hatte schon Projekte ähnlicher Größenordnungen begleitet. Daher hatte er natürlich Respekt vor der Aufgabe aber auch keinerlei Bedenken, dass das Projekt am Ende erfolgreich abgeschlossen werden würde.

Während er die Belege für die Ablage vorsortierte öffnete sich die Tür zu seinem Büro. Ohne anzuklopfen? Das konnte nur Baumann sein. Richtig.

„Na Schneiderlein, was macht die Arbeit?"
„Herr Schneider bitte...", sagte Schneider.
„Ach, seien Sie doch nicht immer so empfindlich."
„Ich bin nicht unbedingt empfindlich, aber ich schätze es auch sehr, wenn jemand anklopft, bevor er mein Büro betritt."
„Nun werden Sie mal nicht wieder frech! Haben Sie denn etwa etwas zu verbergen oder wovor haben Sie Angst?"
„Nein, schon gut", beendete Schneider den erneut unangenehmen Dialog mit Baumann.

Dass Baumann gekommen wäre, um sich für die geleistete Arbeit bei ‚Infinity' zu bedanken oder sich zu entschuldigen, dass Schneider bei der Präsentation mit keinem Wort erwähnt wurde, schloss Schneider von vornherein aus. Er war gespannt, was Baumann von ihm wollte.

„Also, Schneider, wie weit sind Sie mit den Vorbereitungen für ‚Habitus‘? Haben Sie überhaupt schon angefangen?“, fragte Baumann in vorwurfsvollem Ton.
„Ähm,“ erwiderte Schneider überrascht. „‘Infinity‘ ist ja noch nicht ganz abgeschlossen. Es stehen noch Nacharbeiten an, ... Wie Sie sehen, noch jede Menge Ablage.“
„Haben Sie das noch nicht erledigt? Dann aber mal flott. ‚Habitus‘ steht doch schon in den Startlöchern.“
„Ja, ich weiß“, sagte Schneider kleinlaut.

Und wieder fiel ihm ein Zitat ein, dass für ihn einen großen philosophischen Wert enthielt, wenn es nicht sogar das philosophischste Zitat überhaupt war: ‚Auch das geht vorbei.‘

„Schneider, Sie sind mir schon eine Marke“, setzte Baumann seine unangenehme Ansprache fort. Auf das ‚Herr“ verzichtete er weiterhin.
„Herr Baumann, eine ‚Marke‘? Soll ich das jetzt als Kompliment verstehen?“
„Wie Sie wollen. Jedenfalls sind Sie schon eine besondere Type. Ich denke hin und wieder über Sie nach. Ich denke natürlich auch über andere Mitarbeiterinnen und Mitarbeiter nach, aber... bei Ihnen scheint irgendetwas besonders zu sein. Weil letzte Nacht...“

Schneider wurde wieder flau im Magen. „Letzte Nacht? Was war denn letzte Nacht?“, fragte Schneider vorsichtig.

„Tja, ob Sie es glauben oder nicht, letzte Nacht habe ich schon wieder von Ihnen geträumt.“
„Geträumt? Von mir?“, fragte Schneider gespannt.
„Ja, wie vor kurzem schon einmal. Ein ziemlich intensiver Albtraum. Ich war wieder im Weltraum. Ich kann mich nur noch bruchstückhaft erinnern... Schwarzes Loch, Gravo-Torpedos, ... Ich kann mich nur an ganz wenig erinnern, aber Sie kamen auf jeden Fall auch im Traum vor...“
„Ist ja erstaunlich“, sagte Schneider kreidebleich und mit trockenem Mund. „Vielleicht lesen Sie zu viele Science-Fiction-Bücher.“
„Nein, nein. Davon lese ich eigentlich überhaupt nichts. Ist schon erstaunlich, aber deswegen bin ich ja eigentlich nicht gekommen. Ich wollte Sie nur daran erinnern, dass ‚Habitus‘ ab sofort oberste Priorität hat.“
„Das habe ich schon so verstanden“, meinte Schneider und war froh, dass das Thema Traum vorüber war.
Grußlos drehte sich Baumann um und verließ Schneiders Büro. Wie konnte das sein? Dazu noch zum wiederholten Mal, dass sich jemand, den er in einen luziden Traum als Protagonist eingebaut hatte, sich daran erinnern konnte? Ein ungutes Gefühl beschlich Schneider.

Er widmete sich weiter der Ablage. Von Baumann ließ er sich nicht hetzen, er war schließlich nicht auf der Flucht. Viel wichtiger war, die Ablage ordentlich zu erledigen. Es gab nichts Schlimmeres als ewige Sucherei nach Informationen und Dokumenten, wenn die Ablage schlampig durchgeführt wurde.

Gegen Mittag war er mit der Ablage fertig, gönnte sich ein paar Minuten zum Durchatmen und ging dann zur Kantine. An einem Tisch für acht Personen saß bereits Pascal Kramer. Schneider bediente sich am Kantinenbuffet, Kartoffelgratin mit Rosenkohl und als Dessert nahm er sich einen Apfel. Auf Fleisch hatte er heute keinen Appetit. Er ging zur Kasse, zahlte und setzte sich zu Kramer an den Tisch. Während sie aßen entwickelte sich ein kleiner Smalltalk über Urlaub, den Kramer zuletzt in Italien verbracht hatte. ‚Italien', dachte Schneider. ‚Vielleicht gönne ich mir auch noch einmal einen Urlaub in Italien'. Nach ungefähr fünf Minuten betraten Julia Sander und Sabrina Keller gemeinsam die Kantine. Sie bedienten sich ebenfalls am Kantinenbuffet und setzten sich zu Schneider und Kramer an den Tisch, nicht ohne auf das obligatorische „Hallo Schneiderlein" zu verzichten.

Mit Ankunft der beiden Frauen wurde es still am Tisch und Schneider hatte das Gefühl, dass irgendetwas in der Luft lag. Dann begann Keller das Gespräch:
„Schneider, ich glaube, wir müssen über etwas sprechen."
Schneider beschlich wieder ein mulmiges Gefühl. Er hatte nicht das Gefühl, dass heute mal ein Tag sein könnte, der nett, freundlich und erfreulich für ihn laufen könnte.
„So, was liegt Ihnen denn auf dem Herzen?" fragte Schneider Keller unschuldig.

„Was heißt mir auf dem Herzen? Julia und mir liegt etwas auf dem Herzen."
„So, was denn? Heraus mit der Sprache."
„Tja, es ist schon, wie soll ich sagen, etwas unangenehm, aber..."
„Wir wollen nicht um den heißen Brei herumreden", mischte sich Sander ein. „Ich habe Sabrina heute Morgen erzählt, dass ich wieder so einen komischen Albtraum hatte. Im Weltraum und so..."
„Und", ergänzte Keller, „wir stellten fest, dass wir in dieser Nacht wieder den gleichen Traum hatten, in dem es um schwarze Löcher oder so etwas, und um Bomben und Torpedos ging."
„Das ist erstaunlich", meinte Schneider, dem beinahe schwarz vor Augen wurde, mit zaghafter Stimme. „Aber auch irgendwie schön, oder? Das spricht vermutlich dafür, dass ihr eine gewisse Beziehung, ja vielleicht Zuneigung zueinander habt, wenn ihr so oft Gemeinsames oder Gleiches träumt", versuchte Schneider zu erklären.
„Schneiderlein, wir wissen nicht genau wie du das machst", sagte Sander erbost und schwenkte auf das ‚Du' um, „aber wir haben das Gefühl, dass du in unseren Gedanken und Träumen rumspukst. Das kann doch kein Zufall sein, dass wir ständig das gleiche träumen mit Weltall, Raumschiff, Kommandant Schneider und so..."
Kramer mischte sich ein: „Das ist ja Wahnsinn! Den gleichen Traum hatte ich auch letzte Nacht. Was ist da los?", und schaute Schneider fragend an.

Schneider fühlte, wie sein Hemdkragen plötzlich zu eng zu werden schien. Er schnappte nach Luft und log: „Keine Ahnung wovon ihr sprecht. Ich hatte keinen Traum. Weltall, Schwarzes Loch, …noch nie von geträumt. Innerlich war er auf einhundertachtzig und überlegte fieberhaft wie das sein konnte. Alle Personen, die er in seinen Traum eingebaut hatte, konnten sich offenbar daran erinnern.
„Na ja, wie auch immer du das machst, Schneiderlein“, legte Keller nach. „Lass es!“
„Aber…“, stammelte Schneider. Die drei anderen standen wortlos auf und verließen den Tisch. Schneider blieb alleine und erschüttert sitzen.

Den restlichen Arbeitstag versuchte Schneider, sich auf das neue Projekt zu konzentrieren und sich einzulesen. Aber immer wieder schweiften seine Gedanken ab zu dem in der letzten Nacht und heute während der Arbeit Erlebtem. Der Umgang und der Umgangston, den Baumann, die Kolleginnen und selbst Kramer ihm gegenüber an den Tag legten rumorte deutlich in ihm. Er hatte zwar keine Erklärung dafür, dass die Kolleginnen und Kollegen offenbar seine Träume miterlebten aber er wusste, dass er es ihnen allen zeigen würde, irgendwann.

Kapitel 10

In den letzten Tagen nach dem unerfreulichen Kantinengespräch war Schneider seinen Kolleginnen und Kollegen weitestgehend aus dem Weg gegangen. Er vergrub sich in seine Arbeit und ging mittags nicht mehr in die Kantine. Er packte sich morgens zwei Butterbrote und ein Stück Obst ein. Das war dann sein Mittagessen. So brauchte er mittags sein Büro nicht mehr zu verlassen und ging unerfreulichen Dialogen und Vorwürfen aus dem Weg.

Heute Abend gönnte er sich wieder einen ausgedehnten Spaziergang an dem See vorbei. Er genoss die Ruhe und die Natur. Bei näherer Betrachtung konnte ihn sogar die anmutige Schönheit eines Buschwindröschens begeistern. Im hohen Gras bemerkte er eine Vielzahl von Insekten. Jedes für sich ein über Jahrmillionen perfekt an seinen Lebensraum angepasstes Wesen. Voller Respekt und Ehrfurcht dachte Schneider an die kreative Kraft der Evolution, die völlig ungerichtet immer wieder auf der Suche war nach optimaler Anpassung an die umgebende Lebenssituation ist. ‚Survival of the fittest‘ nannte Darwin das. Die Lebewesen mit der besten Anpassung und den damit verbundenen besten Fortpflanzungschancen legten den Weg für die weitere Entwicklung der Spezies fest. Welche ein Wunderwerk das Leben, die Natur doch ist. Gleichzeitig beschlich ihn aber auch eine gewisse Angst für genau diese Natur, die er hier vorfand. Mittlerweile war nicht mehr zu leugnen, dass ein menschengemachter

Klimawandel stattfand. Seit vorindustrieller Zeit sind die globalen Temperaturen signifikant angestiegen. Allein die letzten zehn Jahre waren fast ausnahmslos die wärmsten jemals gemessenen. Und der Temperaturanstieg setzt sich fort. Sollte das Klimaziel von Paris verfehlt werden und sich die globale Durchschnittstemperatur um über zwei Grad im Vergleich zur vorindustriellen Zeit erhöhen, wären die Konsequenzen global katastrophal. Gletscherschmelzen, damit verbunden der Verlust von Gebirgsquellwasser, Polschmelzen, damit verbunden eine deutliche Erhöhung des Meeresspiegels und eine Zunahme der Albedo der Erde waren zwei gravierende Konsequenzen. Zusätzlich wäre mit großen weltweiten Dürren und gleichzeitig mit horrenden Hochwasserkatastrophen und Überflutungen zu rechnen. Die Auswirkungen würden vermutlich in den nächsten Jahrzehnten sogar diesen kleinen See mit der gesamten Flora und Fauna betreffen und verändern. Und während sich schnell reproduzierende Arten wie Insekten oder Kleinsäuger reagieren könnten, indem sie sich neue Habitate suchten, die ihnen ein Überleben sichern könnten, wären sich langsam reproduzierende Lebewesen wie Bäume chancenlos. Fichten, die Teil des Waldsterbens in Deutschland sind, waren schon seit Jahren die deutlichen Vorboten dieser Veränderungen. Durch zu geringen Niederschlag trockneten die Bäume aus und hatten dem nichts entgegenzusetzen. Im Gegenteil, sie wurden, weil dadurch auch ihre Abwehrkräfte schwanden, leichte Beute für Schädlinge wie den Borkenkäfer. Wie würden der See und seine jetzige natürliche Umgebung in fünfzig oder achtzig Jahren aussehen? Würden bereits andere, nicht endemische Pflanzen, die aber besser an das veränderte Klima angepasst sind, Einzug gehalten haben? Würden bereits invasive Tiere wie Tigermücken als Malariaüberträger hier Fuß gefasst haben? Diese Gedanken deprimierten Schneider ein wenig, wo er doch gerade die Schönheit der aktuellen Natur so genossen hatte.

Auf dem Rückweg gönnte sich wieder ein günstiges Menü beim chinesischen Schnellimbiss. Jeden Mittag in der Pause Butterbrote zu essen war nicht unbedingt eine kulinarische Erfüllung. Das chinesische Menü auch nicht, aber es war günstig, schmeckte recht gut und sättigte. Das war für ihn das Wichtigste.

Entspannt kam Schneider anschließend nach Hause. Er ließ sich in seinen Fernsehsessel fallen und zappte wieder ein wenig durch die Fernsehprogramme. Nichts, was ihn besonders interessiert hätte, war im Angebot. Heute, dachte er, hätte er noch einmal Lust auf einen luziden Traum, auf ein neues Abenteuer. Würde es ihm wieder gelingen? Er nahm sich vor, seine Kolleginnen und Kollegen wieder in den Traum, so er denn einen generieren könnte, zu integrieren. Er war neugierig, ob ihm auch das wieder gelingen würde. Falls ja, würde er diesmal gefasster darauf warten, dass man ihn vielleicht am nächsten Tag wieder darauf anspricht, Teil seines Traums gewesen zu sein. Diesmal wäre er darauf vorbereitet. Und falls es so käme, vielleicht hätte er diesmal sogar Spaß daran, dass die Kolleginnen und

Kollegen sich darüber ärgern würden, auch wenn er selbst nicht wusste, wie es überhaupt zu diesem Phänomen kommen konnte.

Schneider stellte seinen Wecker, setzte seine Schlafbrille auf und versuchte sich darauf zu konzentrieren, in einen Klartraum abzudriften. Aber heute schienen seine Chancen nicht gut zu sein. Zu viel von dem, was er in den letzten Tagen erlebt hatte, schwirrte in seinem Kopf herum. Die Gespräche mit Baumann, die Gespräche in der Kantine, der Abschluss des Projektes, die Informationen über das neue Projekt und die beinahe kritische Situation als Kaiser in der Navigationszentrale beinahe eine gravierend falsche Koordinate eingegeben hatte. Zum Glück war ihm der Fehler als Kommandant noch rechtzeitig aufgefallen. So war nichts weiter passiert. Die Triebwerke summten ruhig vor sich hin und Schneider blickte kontrollierend über die Monitore. Alle Werte im grünen Bereich. Die Fracht bestand diesmal aus einhundertzwanzig Tonnen Formit, einem äußerst wertvollen Rohstoff, den sie auf KOI-456.04 abgeholt hatten. KOI-456.04 ist ein erdähnlicher Planet, ungefähr doppelt so groß wie die Erde und circa 3140 Lichtjahre von der Erde entfernt. Durch eine Supernova, die dort vor siebenundneunzig Millionen Jahren explodierte, hatte sich auf KOI-456.04 unter anderem das im sterbenden Stern ausgebrütete Formit angereichert. Formit war im bisher bekannten Universum äußerst selten. Die ‚Pulsar' war auf dem Weg nach Spica, dem hellsten Stern im Sternbild Jungfrau. Im dortigen Planetensystem befanden sich die einzigen

Produktionsstätten, die Formit zu Produkten höchster Festigkeit und dennoch fast absoluter Transparenz herstellten. Für diese Produkte waren im Universum Höchstpreise zu erzielen. Entsprechend gewinnträchtig war daher auch diesmal die Fracht der Pulsar. Für die Besatzung der ‚Pulsar' bedeutete diese Reise selbst im Oktolichtraum mehrere Monate Routineaufgaben und Langeweile, denn der Autopilot und der KI-Bordcomputer erledigten fast alle Aufgaben von alleine.

Frank Baumann saß prüfend vor den Sternenkarten und dem Hypradar. Er glich die eingeschlagene Route, das Ziel und die voraussichtlich benötigte Zeit ab. Kramer saß im Technikmodul und erledigte Routineaufgaben: Prüfung des Drucks in den Antriebsaggregaten, Leichtgängigkeit der Steuerdüsen, Verbrauch von radioaktivem Material, durch welches durch Kernfusion die Antriebsenergie erzeugt wurde.

Sander, mit der Schneider nun schon seit fast drei Jahren ein Paar war und Keller wechselten sich wie gewohnt in der Kommunikationszentrale ab und überwachten den Oktofunk.

Tobias Meier befasste sich derweil mit Algorithmen der Software im Zentralcomputer. Es war eine seiner Leidenschaften, nach Fehlern zu suchen und diese zu beheben. Er hatte dazu die nötige Ausdauer und Geduld. Hin und wieder hatte er sogar Optimierungen an der Software vorgenommen. Um dabei Fehler zu vermeiden, stellte er seine Optimierungsideen, Algorithmen und Quellcodes Schneider vor. Gemeinsam gingen sie die Dokumentationen durch und letztendlich entschied Schneider, ob die Optimierung tatsächlich vorgenommen wurde. Nach dem Vier-Augen-Prinzip wurden somit weitestgehend Fehler vermieden.

Sander meldete sich: „Ich empfange seltsame Signale im Oktofunk."
„Welche Art von Signalen?", wollte Schneider wissen.
„Kann ich noch nicht genau sagen. Sie sind periodisch wiederkehrend, aber ich erkenne kein genaues Muster. Sie sind auch keiner uns bekannten Verschlüsselung bekannt."
„Periodisch wiederkehrend...", dachte Schneider nach. „Bitte weiter beobachten und bei Auffälligkeiten sofort melden", gab er Anweisung.

Schneider betrachtete den Navigationsmonitor und die darauf zu erkennenden Sternbilder. Mit zunehmender Entfernung zur Erde veränderten sich die Sternbilder ständig. Sternbild Jungfrau, Orion, großer Bär, ... sahen ja nur von der Erde aus gesehen genau so aus. In der Realität liegen zwischen den einzelnen Sternen dieser Sternbilder Lichtjahre. Wenn man sich im Oktolichtraum mit relativer Überlichtgeschwindigkeit bewegte, veränderte sich die Ansicht und die Perspektive kontinuierlich. Fährt man auf der Erde in einem Auto auf die Skyline einer Metropole zu, wirkt diese aus großer Distanz zweidimensional und an der Skyline kann man die entsprechende Stadt erkennen. Je näher man kommt desto mehr löst sich die zweidimensionale Skyline in dreidimensionale Straßen und Gebäude auf, die mit der ursprünglichen Skyline nichts mehr gemeinsam haben.

Sander meldete: „Die Signale werden stärker. Sie scheinen auf uns zuzukommen."
„Gibt es genauere Angaben bezüglich der Zunahme der Signalstärke?", wollte Schneider wissen.
„Es scheint, als ob die Signale pro Minute um ein Prozent zunehmen."
Schneider überlegte wie weit die Signalquelle entfernt sein könnte. Im Oktolichtraum, relativ über Lichtgeschwindigkeit, Zunahme ein Prozent pro Minute, ...
„Die Signalstärke nimmt rapide zu!", sagte Sander laut. „Wir nähern uns der Signalquelle exponentiell schnell", fügte sie hinzu. „In ungefähr zehn Minuten werden wir sie erreichen." Da Schneider überhaupt keine Ahnung hatte, auf was sie da zusteuerten oder was da auf sie zusteuerte hielt er es für angemessen, Alarm der untersten Stufe auszurufen. Alle Besatzungsmitglieder sollten auf ihren Posten sein und das Schutzschild aktiviert werden. Zumindest solange bis man Näheres erkennen und verstehen konnte.

„Schutzschild aktivieren!" rief Schneider Baumann zu. Baumann schaute Schneider an und schüttelte den Kopf. Schneider sah Baumann an und wiederholte den Befehl: „Schutzschild aktivieren!", doch Baumann sah ihn wieder nur an, schüttelte den Kopf und stand auf. Langsam kam er auf Schneider zu. In diesem Moment,

als hätten sie auf dieses Signal gewartet, erhoben sich auch Keller, Sander und Meier. Sie alle kamen auf ihn zu. Schneider verstand die Welt nicht mehr. Die Mannschaft widersetzte sich offenbar seinen Befehlen. Drohte zum ersten Mal auf der ‚Pulsar' so etwas wie eine Meuterei?
„Alle auf ihre Posten!", befahl Schneider. „Wir wissen nicht, was es mit der Signalquelle auf sich hat. Falls es gefährlich werden sollte, müssen alle bereit sein."
„Ja, ja, ..." sagte Baumann betont langsam. „Gefährlich..."
„Das Einzige was hier gefährlich ist, bist du, Schneiderlein", sagte Keller seelenruhig.
Was ging hier vor, überlegte Schneider. Wieso ‚Schneiderlein' an Bord der ‚Pulsar'?
„Wir sind es leid, dass du ständig in unseren Träumen herumspukst", meinte Sander.
Schneider verstand die Welt nicht mehr. Seine ‚Pulsar', sein luzider Traum. Wie war das möglich?
„Wir haben einen Plan gefasst", sagte Meier. „Sollten wir wieder gemeinsam in einem deiner Abenteuerträume gefangen werden, so wollten wir uns dessen gemeinsam bewusstwerden und ‚aufwachen'. Wir machen dem Spiel hier und jetzt ein Ende."
‚Das kann nicht sein!', dachte Schneider. „Alle auf ihre Posten!" schrie er hysterisch.
„Nein, Schneiderlein", sagte Sander. „Hier und jetzt wirst du dein Ende finden und wir werden aus unseren Albträumen befreit werden."
Die Mannschaft näherte sich ihm bedrohlich. Schneider wusste nicht, wie ihm geschah. Er war doch der

Herr seiner Träume, er entschied, was zu geschehen hatte. Hatte er die Kontrolle verloren?
Langsam wich Schneider zurück. Er bemerkte, wie sich ihm Kramer, der inzwischen dazugestoßen war von hinten näherte. Schneider machte eine kurze Körpertäuschung und lief so schnell er konnte zum Ausgang der Kommandozentrale. Die Meute folgte ihm sofort, ‚Schneiderlein' und ‚Feigling' rufend. Zum Glück öffnete sich die Automatiktür der Kommandozentrale sofort und gab Schneider den Weg in den langen Hauptkorridor entlang der Schiffsachse frei. Er lief, sich dabei immer wieder umschauend, in Richtung Technikzentrale. Die Meute folgte ihm lautstark. Sobald er die Technikzentrale erreicht hätte, könnte er diese von innen verriegeln und wäre zumindest vorübergehend in Sicherheit. Dann würde er weiter überlegen, was zu tun ist.

Während er lief konnte er durch die Fensterreihen Blicke in die Abteilungen Forschung, Logistik und Verwaltung werfen. In den Abteilungen stand das Personal zombiehaft an den Fenstern und schaute ihm bei seiner Flucht zu. Noch wenige Meter trennten ihn von der Technikzentrale. Die Technikzentrale verfügte aber nicht über eine Automatiktür, sondern über eine Sicherheitstür mit Zugangskontrolle. Er konnte sie nur mit seinem Chip, den er an den Chipleser halten musste öffnen. In seiner Panik wusste Schneider nicht mehr, in welcher seiner Uniformtaschen er den Chip verstaut hatte. Er suchte fieberhaft. Die Meute kam immer näher. Da, da war der Chip. An den Chipleser halten und... Für Schneider dauerte es eine gefühlte Ewigkeit, bis der Chipleser den Chip ausgelesen hatte und ihm Zutritt gewährte. Nur noch wenige Meter trennten ihn von seinen Verfolgern. Schnell öffnete er die Tür, sprang in die Technikzentrale hinein, schloss die Tür von innen und aktivierte die Notverriegelung. Die Technikzentrale war als Schleuse konzipiert worden, die nach außen hermetisch abgeschottet werden konnte. Nun ließ sich die Tür von außen nicht mehr öffnen. Von außen trommelten seine Verfolger gegen die Tür.

Schneider setzte sich auf einen Bürodrehstuhl an einem der Steuerpulte für die Antriebstechnik. Er versuchte langsam durchzuatmen und sich zu beruhigen. Was um Himmels Willen ging hier vor sich? Was sollte er nun tun?

Er legte die Ellenbogen auf die Konsole und hielt sich die Hände vors Gesicht. Er brauchte Ruhe, er brauchte Konzentration. In dem Moment tippte ihn jemand von hinten an die Schulter. Schneider erschreckte sich, drehte sich um und sah direkt in Baumanns Augen. Neben ihm standen Sander, Keller und Meier. Wie war das möglich? Meier hob die rechte Hand. Schneider konnte deutlich das Messer sehen, mit dem Meier drohte. „Das war's dann, Schneiderlein", sagte er und stach zu. Die anderen standen um ihn herum und lachten.

Kapitel 11

Schneider wurde wach. Er war wieder einmal schweißnass und stellte fest, dass er neben seinem Bett lag. Kopfkissen und Bettwäsche lagen um ihn herum verstreut. Er versuchte, langsam einen klaren Gedanken zu fassen. Was war passiert? Wo war er?

Allmählich wurde ihm bewusst, dass er wieder aus einem luziden Traum aufgewacht war. Er schaute auf die Uhr: 03:35 Uhr. Eine typische Zeit für eine REM-Phase, in der die Träume besonders intensiv sind. Aber was hatte er geträumt? Mit und mit fanden immer mehr Details den Weg zurück in sein Bewusstsein. Eine Meuterei auf der ‚Pulsar', den Kolleginnen und Kollegen war im Traum bewusst geworden, dass sie Teil seines Traums waren. Dann die Meuterei bis hin zu seinem Tod. Ja, sie hatten ihn offenbar mit einem Messer im Traum erstochen. Schneider wurde schlecht. Er ging ins Bad und übergab sich. Anschließend machte er sein Bett wieder einigermaßen zurecht und legte sich hinein. Langsam ging er den Traum gedanklich noch einmal durch. An Einschlafen war im Moment nicht zu denken. Dafür war er zu aufgeregt.

Irgendwann musste er dann doch noch eingeschlafen sein. Offenbar war er so erschöpft, dass er wieder in einen Tiefschlaf geriet, in dem er sogar seinen Wecker überhörte. Er wurde wach und erschrak als er feststellte, dass er fast zwei Stunden zu lange geschlafen hatte. Er würde zur spät bei der Arbeit erscheinen.

Er stand auf und fühlte sich wie gerädert. Langsam schwankte er ins Bad und schaute in den Spiegel. Er kam sich reichlich zerknittert vor. Die letzte Nacht hatte ihm wohl ordentlich zugesetzt. Er wandte sich vom Spiegel ab und wollte zur Toilette gehen. Doch im letzten Moment fiel ihm im Spiegel etwas ins Auge. Er wandte sich wieder dem Spiegel zu und schaute auf seinen Oberkörper. Links im Brustbereich seines Schlafoberteils war ein deutlicher roter Fleck zu sehen. Was war das? Er zog das Oberteil aus und schaute sich den Fleck genauer an. Doch, es war eindeutig. Es sah aus wie und es roch auch nach getrocknetem Blut. ‚Was um Himmels Willen geht hier vor sich', dachte Schneider. Er schaute nun seinen Oberkörper im Spiegel an. ‚Das kann nicht möglich sein', dachte Schneider. Halblinks an seinem Oberkörper war deutlich eine mehrere Zentimeter lange Narbe zu erkennen. Er konnte sich nicht daran erinnern, jemals eine Verletzung, noch dazu in der Herzgegend gehabt zu haben. Ihm wurde wieder übel und er übergab sich erneut.

Danach stellte er sich unter die Dusche und ließ das Wasser minutenlang mit Körpertemperatur über sich ergießen. Er war psychisch völlig fertig.

Später aß er dann ein wenig, trank zwei Tassen starken Kaffee und machte sich auf den Weg zur Arbeit.

Im Bus schaute er sich um und sah sich möglichst unauffällig die anderen Passagiere im Bus an. Bei jeder einzelnen Person überlegte er, was wohl deren Geschichte sein mochte. Zum Beispiel der Mann, der ihm schräg gegenübersaß. Er hatte einen neutralen Gesichtsausdruck und schien an nichts zu denken. Aber, dachte Schneider, man kann den Leuten nur vor den Kopf sehen. Wer weiß, was er gerade denkt. Ist er mit sich und seinem Leben im Reinen? Führt er ein glückliches Leben? Hat er vielleicht Frau und Kinder, über die er gerade nachdenkt? Oder die Frau, die ein wenig weiter entfernt saß und in ihr Smartphone vertieft war. War sie wohl glücklich, vielleicht auch glücklich verheiratet? Kommunizierte sie gerade über WhatsApp mit ihren Kindern? Hatte sie finanzielle Probleme? War sie ausgeglichen? Hinter jeder Person steckten eine Vergangenheit, eine Gegenwart und eine Zukunft. Hinter jeder Person steckten eine Geschichte und ein Schicksal. Hatten die Personen ihr Schicksal selbst beeinflusst, hatten sie ihr Leben selbst im Griff oder waren sie eher diejenigen, die sich durch ihre Umwelt treiben und strömen ließen?

Bei diesen Gedanken erinnerte Schneider sich daran, dass er zu Schulzeiten ein Buch gelesen hatte: ‚Die Brücke von San Luis Rey' von Thornton Wilder. Bei einem Unfall, eine Brücke in Peru stürzte ein, starben viele Menschen. Warum ausgerechnet diese Menschen? Was war ihr individuelles oder sogar gemeinsames Schicksal, dass genau sie zu Opfern dieser Katastrophe wurden?

Wie war es um sein eigenes Schicksal bestellt, überlegte Schneider?

In diesen Gedanken tief versunken schaute Schneider aus dem Fenster des Busses. Er bekam von den vorbeiziehenden Gebäuden, Fahrzeugen und Personen nichts mit.

An seiner Zielhaltestelle stieg er aus und ging zu Fuß die restliche Strecke zu seiner Arbeitsstelle. Unterwegs merkte er ein Ziehen und Stechen an der Stelle, an der er heute Morgen die Narbe entdeckt hatte. Er würde sich das noch einmal genauer anschauen müssen.

Er betrat das Bürogebäude, checkte ein und überlegte, was er zu seiner Entschuldigung sagen würde. So spät war er noch nie bei der Arbeit erschienen. Er würde die Arbeitszeit wohl in den nächsten Tagen nachholen müssen. Er stieg in den Fahrstuhl und fuhr zur Etage seiner Abteilung hoch. Auf den Büroﬂuren herrschte Ruhe, kein Mitarbeiter war zu sehen. Gut, dachte Schneider. Er hatte keine Lust, auf sein spätes Erscheinen angesprochen zu werden.

In seinem Büro angekommen hängte er seine Jacke an die Garderobe, schaltete den PC ein und loggte sich ein. Er überlegte, was er heute zu erledigen hatte. Er hatte eine Prioritätenliste erstellt und die würde er wohl, sollte nichts Wichtiges dazwischenkommen, abarbeiten. Während er noch überlegte, klingelte sein Telefon.

„Hallo Herr Schneider. Hier Scholz von der Personalabteilung. Wir haben gesehen, dass Sie vor kurzem eingecheckt haben."
„Ja, äh", druckste Schneider herum. „Das hat einen bestimmten Grund... Ich komme sonst sehr selten zu spät...". Es war ihm äußerst unangenehm so unmittelbar auf sein verspätetes Erscheinen angesprochen zu werden.
„Nein, Herr Schneider, darum geht es gar nicht."
„So, worum denn dann?", sagte Schneider ein wenig erleichtert.
„Na, wir dachten wir hätten etwas verpasst, ... ihre Abteilung hätte einen gemeinsamen freien Tag genommen oder so."
„Verstehe ich nicht", antwortete Schneider. „Warum freien Tag?"
„Na, Sie sind heute Morgen der erste, der in der Abteilung auftaucht."
„Wie, der Erste, ist sonst noch niemand da?"
„Nein, Baumann, Meier, Sander, Keller, Kramer und auch Kaiser fehlen."
„Die gesamte Abteilung?" ‚Habe ich etwas verpasst?', dachte Schneider.
„Ja, offensichtlich. Wenigstens Sie sind heute erschienen. Wir haben die Kolleginnen und Kollegen bereits angerufen. Drei konnten wir nicht erreichen und bei den anderen Dreien meinten ihre Ehepartner, sie wüssten nicht, wo ihre Partner seien. Sie seien spurlos verschwunden."
„Wie soll das denn gehen?", fragte Schneider.

„Wissen wir auch noch nicht... Ich rufe nur an, weil ich dachte, sie wüssten etwas über die Vorgänge in Ihrer Abteilung."
„Nein, tut mir leid", sagte Schneider. „Aber sobald ich etwas erfahre, melde ich mich bei Ihnen."
„Ja, danke, das ist nett", beendete Scholz das Gespräch.

Schneider überkam wieder ein seltsames Gefühl. Langsam stand er auf, verließ sein Büro und schlenderte durch den Flur der Abteilung. Tatsache, jedes Büro war unbesetzt, niemand da.

Er ging zurück in sein Büro und setzte sich an seinen Schreibtisch. Er verschränkte die Arme hinter seinem Kopf, legte die Füße auf den Tisch und schaute lächelnd aus dem Fenster. Und draußen, irgendwo da draußen, flog die ‚Pulsar' ziel- und steuerlos mit einer ratlosen Crew durch die Weiten des Universums.

Peters, "PARADOX"

Ein spannender Krimi rund um Naturwissenschaft, Ethik und Paradoxa.
Was ist Vakuumenergie? Was sind Nanobots? Wer war der Mörder von Dr. Andres?

Books on Demand
ISBN 978-3-8391-2474-1
10,95 €

Peters, "I'M DREAMING"

Interessieren Sie sich ein wenig für Psychologie und Philosophie?
Würden Sie gerne mehr über Neurologie wissen?
Möchten Sie in die Welt des luziden Träumens eindringen?
Interessieren Sie sich für andere Länder?
Haben Sie einfach nur Lust auf Spannung?
Dann ist „I' m dreaming!" genau die richtige Lektüre!

Books on Demand
ISBN 978-3-7386-0854-0
9,95 €